DAN BROTZEL

HOTEL DU JACK

E OUTRAS HISTÓRIAS

TRADUÇÃO
UBK Publishing House

ubook UBK Publishing House

Publicado mediante acordo com Rights People. Edição original do livro, *Hotel du Jack and Other Stories*, publicada por Sandstone Press.

ubook UBK Publishing House

PRODUÇÃO EDITORIAL BR75 | Clarisse Cintra e Silvia Rebello
COPIDESQUE BR75 | Marcelo Barbão
REVISÃO BR75 | Frederico Hartje, João Sette Camara e Aline Canejo
PROJETO GRÁFICO E ADAPTAÇÃO DE CAPA Bruno Santos
CAPA Nathan Burtoon
DIAGRAMAÇÃO BR75 | Thais Chaves

Dados Internacionais de Catalogação na Publicação (CIP)
(Câmara Brasileira do Livro, SP, Brasil)

Brotzel, Dan
Hotel du Jack e outras histórias / Dan Brotzel ; tradução UBK Publishing House. -- Rio de Janeiro : Ubook Editora, 2020.

Título original: Hotel du jack and other stories
ISBN 978-65-87549-90-3

1. Ficção inglesa I. Título.

20-42807 CDD-823

Índices para catálogo sistemático:

1. Ficção : Literatura inglesa 823

Cibele Maria Dias - Bibliotecária - CRB-8/9427

Ubook Editora S.A
Av. das Américas, 500, Bloco 12, Salas 303/304,
Barra da Tijuca, Rio de Janeiro/RJ.
CEP.: 22.640-100
Tel.: (21) 3570-8150

Para Eve

Sumário

NADA TÃO AZUL

Não tenho certeza de todos os detalhes. Só posso dizer que não é tão bom quanto todo mundo diz, realmente não é. Além disso, fiz uma escolha de merda. Por que não escolhi voar, como uma pessoa normal?

Estávamos todos no pub depois do trabalho, conversando sobre Cal, nosso chefe de departamento. Cal está no terceiro casamento e acabara de anunciar que sua mulher estava esperando um bebê (para somar aos que ele já tem dos casamentos anteriores). Também lembro que estava caindo um toró lá fora.

Lynne, nossa líder de equipe, que tentava engravidar desde sempre, disse que Cal era o tipo de cara que só precisava olhar para uma mulher para engravidá-la.

— É o superpoder dele — brinquei, o que gerou muitas risadas.

— Gostaria que fosse o meu — disse Lynne.

Depois entramos numa daquelas conversas estúpidas de bar sobre superpoderes e qual cada um escolheria ter. Zoe e alguns outros escolheram a capacidade de voar, embora Arvi, que é apaixonado por mergulhar, tenha dito que gostaria de poder respirar debaixo d'água. Eu disse que gostaria de ser invisível por um dia, não sei por quê. Lembro que ouvimos trovões e relâmpagos, e por alguns momentos as luzes do pub piscaram. Parecia que estava escuro e molhado lá fora, uma desculpa para mais uma ou duas bebidas.

Karen disse que gostaria de ter a capacidade de reagir perfeitamente a cada ocasião, enquanto Tommo disse que seu superpoder já era conhecido entre as moças de seu círculo social. *Hurhurhrr*, provocaram os rapazes presentes. *Argh*, dissemos todas as mulheres.

Seguiu-se uma discussão sobre os méritos relativos ao teletransporte e à supervelocidade. Jav optou pela última. Segundo ele, se alguém pudesse se mover com tanta rapidez, também teria que ser dotado da capacidade de pensar igualmente rápido, o que significaria que poderia absorver toda a informação do mundo e tornar-se incrivelmente educado e sagaz. Assim seria capaz de dirigir a sociedade para um futuro melhor e mais justo. Alguém disse que poderes extras significariam apenas outras maneiras para as pessoas conseguirem o que quisessem.

Tania, ainda refletindo, não conseguia decidir se queria ficar bonita em qualquer roupa que usasse ou ser capaz de entender perfeitamente os gatos. Isso, claro, fez com que todos compartilhassem vídeos de gatos, e a discussão sobre os superpoderes acabou.

Só que, quando acordei na manhã seguinte e me estiquei para pegar o celular, notei que não conseguia ver meu braço.

Fui tropeçando até o banheiro, olhei-me no espelho e não me enxerguei. No início, achei que pudesse ser só um truque da luz. No escuro do começo da manhã, a sombra da porta lança um reflexo no espelho, e pensei que, de alguma forma, isso estivesse obscurecendo meu reflexo. Não fazia sentido, é claro, mas quando acabamos de nos tornar invisíveis, passamos a acreditar em coisas que não fazem sentido, mas que são um pouco mais plausíveis do que a ideia de que acabamos de nos tornar invisíveis.

Acendi a luz do banheiro e eu simplesmente *não* estava lá. Apontei uma lanterna para o espelho. Nada. Corri pelo apartamento, à procura de outros espelhos. Tirei selfies em que não apareci e encarei as fotos. A câmera registrava o que estava atrás de mim. Andei pelo apartamento atordoada, tentando processar o que havia acontecido.

Tentei falar com meu irmão, mas a ligação foi direto para a caixa postal. Não conseguia pensar em mais ninguém para ligar, alguém que me levasse a sério. Havia Jed, meu suposto namorado, mas estávamos dando um tempo de novo, e na última vez que nos encontramos, tivemos outra discussão daquelas. Ironicamente, acho que o acusei de me tratar como se eu fosse invisível.

Queria minha mãe, mas isso não era possível no momento.

Parece ridículo, mas meu pensamento seguinte foi ligar para a emergência. Tentei me explicar por uns trinta segundos antes de sentir que a ligação estava tomando o rumo errado.

— Você está sangrando, Katya? Como está seu coração?

— Tudo bem. Não tem nada errado comigo! Eu apenas não posso... *ser vista.*

— Certo, estou entendendo. — Houve uma pausa, como se a operadora estivesse trocando de roteiro. — E como você tem se sentido?

— Tudo bem, tudo bem! Estou com um pouco de ressaca, mas só porque fomos ao pub ontem à noite.

— Entendo. Agora, me diga... Você tem tido problemas para dormir recentemente?

— Não.

— Está se achando uma decepção para as outras pessoas?

Só por não estar conseguindo aproveitar o superpoder que me concederam, era o que queria dizer.

— De jeito nenhum. Eu estou bem. — Foi o que realmente disse.

Ela fez algumas perguntas sobre meu apetite, níveis de energia e se eu tinha problemas para me concentrar.

— Bem, trabalho com folha de pagamento — respondi. — Passo a maior parte do tempo ouvindo pessoas gritando porque acham que é minha culpa se falta dinheiro no salário delas. Qualquer um teria dificuldades de se sentir energizado e entusiasmado nessa situação.

Isso me fez pensar. Como eu ia fazer com o trabalho naquele dia?

— Entendo. Você está tendo algum pensamento negativo?

— Bem, como já expliquei, eu desejei ser invisível, não foi? Isso está sendo bem negativo até o momento.

Enquanto falava, comecei a jogar talco nos braços. Finalmente pude ver o contorno deles, embora de uma forma envolta em pó, diáfana.

— Eu quis dizer mais do que isso. Já sentiu vontade de se machucar ou machucar os outros?

Merda! Dava para ver aonde esse papo estava indo.

— Não, não. Na verdade, estou começando a me sentir muito melhor! Muito obrigada por conversar comigo, você realmente me acalmou! Acho que devo ter exagerado na noite passada...

Consegui me livrar da operadora, espero que de uma forma que não fizesse uns homens de jaleco branco derrubarem minha porta.

Mandei um e-mail para o trabalho. *Desculpe, Lynne, mas não vou poder ir hoje. Passei a noite vomitando - acho que é esse vírus que anda por aí.*

Fingir doença era mais fácil quando eu tinha um chefe homem. Quando Carl era só o nosso líder de equipe, bastava uma referência sombria aos "problemas femininos" e ele desligava o telefone na hora. Mas sempre há um vírus circulando, não é mesmo? De qualquer forma, eu não poderia ir. Não estava exatamente doente, mas estava *indisposta.*

Fiz um chá, mas não havia leite. Eu passara muito tempo na casa do Jed recentemente, e não havia comida em nenhum dos dois lugares. Esse parecia o momento certo para me aventurar lá fora.

Calcei umas sandálias, vesti uma calça e uma camiseta e saí. Mas a reação que causei nas pessoas assim que cheguei à rua foi drástica. Todos viram esse espantalho sem cabeça, em tamanho real, andando pela rua, e se cagaram de medo. Alguns se esconderam atrás das portas das casas; outros tentaram proteger seus filhos; outros ficaram parados, como se estivessem se fingindo de mortos. Um cara saiu correndo pela rua.

Por sorte, ainda era cedo, e não havia muita gente. Mas os que encontrei ficaram tão chocados *que nem ergueram os celulares.*

Em retrospectiva, talvez eu devesse ter esperado tal reação. Afinal, eu mesma ainda estava bastante assustada. Voltei para o apartamento e verifiquei minha aparência novamente no comprido espelho do guarda-roupa. Eu era uma visão. Bem, mais ou menos.

Coloquei um pouco de comida para a Lulu. Ela não merecia ficar com fome. Farejou o espaço ao meu redor com desconfiança, mas não deu seu miado habitual. Fiquei mal ao pensar que nem minha gata me reconhecia. Quem diria que ser invisível seria tão solitário?

Quando se pergunta às pessoas o que fariam se ficassem invisíveis, elas falam em corrigir os erros do mundo, ir a todos os lugares onde nunca estiveram antes ou viver várias fantasias eróticas cafonas (Tommo). Mas nunca se ouve falar dos aspectos práticos. Em vez de me deleitar com meu incrível novo poder, eu estava achando quase impossível cumprir as tarefas mais básicas da vida.

O fato é que, embora *você* seja invisível, nada mais é. Portanto, se realmente quiser andar pelo mundo sem ser detectado, seria preciso estar *nu*, o que é ao mesmo tempo frio e machucaria os pés. E como não se sabe quando (ou se) o "feitiço" da invisibilidade vai passar, corre-se o risco constante de se expor.

Pensei em me despir, ir na ponta dos pés até a loja da esquina e furtar algumas coisas. Aparentemente, somos obrigados a roubar quando estamos invisíveis. Afinal, como pagar nestas circunstâncias? Daria para deixar dinheiro no balcão quando ninguém estivesse olhando, suponho, mas como eu iria carregar o dinheiro? A carteira ou a bolsa ficaria flutuando no ar, assim como a caixa de leite e a lata de feijão. Não dá para mover nada de lugar sem assustar as pessoas. Exceto na boca, acho.

Se eu não quisesse alarmar as pessoas, suponho que pudesse me esgueirar pelada até a loja com uma nota de cinco dentro da boca. Mas eu só poderia comprar coisas pequenas que pudesse carregar lá dentro, como balas ou caramelos. E se alguém visse essas coisas aparecerem e desaparecerem de repente? Talvez a única coisa mais estranha do que uma nota de cinco flutuando pelo supermercado seja uma nota de cinco que de repente se desmaterializa como se fosse engolida por um orifício invisível.

Eu estava experimentando esconder coisas diferentes na boca e me olhar no espelho, quando percebi que podia esconder coisas pequenas com a mão fechada. O que só indica como eu estava perdendo a capacidade de pensar direito.

Quanto a usar o superpoder para ir aonde se quer, não se deve esquecer que ainda é preciso *chegar lá*. Imagine se rematerializar de repente em pleno voo para o Rio de Janeiro. Onde estaria sentada no avião durante todo esse tempo? Teria ficado nua no corredor? Mesmo invisível, continua-se *ocupando espaço.*

Seria o mesmo problema se quiséssemos nos esgueirar por lugares sem sermos vistos: teríamos que nos espremer contra as paredes e evitar lugares com muita gente, para que não esbarrassem em nós e se assustassem. A vida se tornaria uma espécie de variação estranha do jogo da cabra-cega, com todo mundo cego e nós tentando escapar deles. E se eu entrasse no Palácio de Buckingham e ficasse observando Meghan e a rainha discutindo sobre amamentação durante o café da manhã, até que Harry desse um grande bocejo e acidentalmente enfiasse um dedo no meu nariz? Eu não saberia para onde olhar. Nem ele.

Tentei deixar tudo mais fácil para mim, mas não foi muito engraçado. A reação das pessoas na rua me assustara. Fiquei pensando no filme *O homem elefante*, que eu vira com Jed havia pouco tempo. Agora eu era o monstro e me sentia totalmente vulnerável. Tinha certeza de que, quando as pessoas tivessem superado o choque da minha invisibilidade, iriam querer me prender para realizar testes. Basta pensar em John Merrick, ET ou *O homem do fundo do mar*. Era sempre assim.

Depois lembrei que Merrick, que nascera desfigurado, andava com um grande manto preto com um boné e uma espécie de saco sobre a cabeça. Eu precisava sair e conseguir alguma comida; então, decidi me cobrir o melhor que pude. Como não sou esquiadora, ladra de banco ou insurgente paramilitar, não tinha uma balaclava à mão, mas fiz o melhor que pude. Calcei botas longas com salto grosso, jeans (não rasgados), um par de luvas finas e um moletom de manga comprida com gola alta que estiquei o máximo que pude, até o meu queixo. Passei bastante talco no rosto, cobrindo o máximo possível do espaço onde minha cabeça deveria estar com um lenço escuro e o capuz do moletom que vestia.

No espelho, dava para ver que não fiquei melhor do que antes. Meu rosto estava pálido e fantasmagórico, e não dava para ver meus olhos, que ardiam com todo aquele talco. Eu parecia um pouco o Rei da Noite de *Game of Thrones*. Era um dia quente de agosto, e em segundos eu estava suando como um cachorro.

Era ridículo. Ninguém podia me ver; mesmo assim, ainda tinha que me esconder da vista de todos.

Andei me arrastando de forma anônima, de cabeça baixa e olhos voltados para a frente. Agora que estava na rua, pensei que deveria conseguir o máximo de coisas que pudesse. (Se essa invisibilidade continuasse, eu teria que fazer muitas compras on-line.) Então, passei direto pela mercearia da esquina e segui para o supermercado Asda, onde comprei bastante comida, cinco tubos grandes de talco e – numa inspiração repentina – muita base para o rosto e coisas para a pele. Posso acabar parecendo o Donald Trump, pensei, mas pelo menos ficaria parecendo *alguma coisa*.

Enquanto estava debatendo comigo mesma sobre o tom de pele, uma amável vendedora se aproximou.

— Posso ajudá-lo com alguma coisa... senhor?

Senhor? Acho que eu sabia o que ela estava pensando. Aqui estava um "cara" de aparência estranha, olhando com nervosismo para a maquiagem. Era óbvio para ela que eu era uma trans confusa, e ela estava pronta para me deixar à vontade. Queria que eu soubesse que não me julgava de forma alguma. Eu estava precisando de um pouco de gentileza naquele momento, e era tão evidente que a moça tinha a melhor das intenções que levantei o rosto, dei um grande sorriso e nossos olhos se encontraram.

Que erro! O olhar dela foi de puro horror. Suponho que os mortos-vivos causem esse efeito nas pessoas.

No geral, odeio os caixas de autosserviço, porque tomam o trabalho de muitas pessoas, mas dessa vez foram uma ótima opção. Apressei-me e passei no leitor do caixa todos os meus itens o mais rápido que pude, embora não tão veloz quanto meu desespero de não cometer um erro e precisar chamar o gerente. Coloquei minhas coisas numa sacola e saí correndo pela porta. Pela vitrine, vi a mulher do corredor de maquiagem cercada por alguns colegas de trabalho ao lado do balcão da farmácia. Eles olhavam um para o outro e depois me encararam.

É opressivo ficar na rua quando você se sente reduzido a um aspecto de sua identidade (ainda mais alguém que desafia todas as leis da ciência), e sente que pode ser descoberto a qualquer momento, encarado, ostracizado, talvez até atacado. Eu queria gritar: *Sou mais do que apenas o meu superpoder!* Mas o mundo inteiro se tornara um lugar assustador, e eu era como uma garotinha assustada, andando onde não deveria.

Para escapar mais rápido do mundo exterior, decidi voltar de ônibus, não sem antes entrar num beco e passar um pouco mais de talco no rosto. Havia acabado de terminar quando um cara meio estranho se aproximou e perguntou se eu tinha algum *pó de giz* ou *farinha.* Não eram palavras que eu conhecia, mas entendi o contexto. Disse que sentia muito por não poder ajudá-lo.

"Tranquilo", disse o homem, batendo com o punho no meu. Ao fazer isso, vi que lhe faltava metade dos dentes de baixo e havia um abscesso no pescoço que claramente nunca fora tratado. Mesmo assim, depois que desapareceu, senti um aperto no coração; afinal, ele me tratara como uma pessoa normal. E havia sido o único.

O ônibus estava cheio, mas ainda havia bastante espaço para me acomodar entre as pessoas. Posicionei-me na porta, pronta para pular na parada seguinte se as coisas saíssem do controle. Foi um alívio voltar para o apartamento com minhas compras e fechar a porta para o mundo.

Como é ser invisível? — você deve se perguntar. Bem, é como se ninguém pudesse vê-lo. É como se não pudéssemos ver nem a nós mesmos. E é só isso. Todo o resto continua da mesma forma. Minha mãe ainda está numa casa de repouso, numa viagem só de ida para o silêncio e o medo. Ainda não gosto de falar em público, ainda odeio meu trabalho e ainda tenho ciúmes da ex do Jed, apesar de já nem ter certeza se estamos juntos. Lynne ainda não consegue engravidar. Nigel Farage, o político conservador, ainda existe. As leis da física ainda se aplicam em todos os seus outros aspectos monótonos e previsíveis. Não sou mais corajosa, inteligente ou bondosa. Os vestidos ainda não têm bolsos suficientes. E ainda detesto a minha franja, embora pelo menos agora não tenha que olhar para ela, graças a Deus.

Lynne mandou uma mensagem dizendo que metade da equipe não havia aparecido no trabalho. *O que deu em todo mundo?* Aparentemente, Arvi ligara para pedir uma folga e disse que estava indo para o litoral. Os únicos que haviam ido trabalhar foram Tania, que continuava incrível em qualquer roupa; Karen, que fizera todos rirem o dia todo; e Tommo, que era apenas o Tommo.

Eu começava a me questionar se era a única presenteada com um superpoder quando ouvi uma batida na janela da cozinha. Uma batida persistente muito definida, como um nó de dedo humano contra o vidro – o que é meio surpreendente quando se considera que moro no terceiro andar.

Ali estavam elas, duas das minhas colegas, pairando a cinquenta metros do chão. Uma era Zoe, e a outra eu não conhecia muito bem. Siobhan, talvez Shelley? Ela trabalha com a gente há apenas uma ou duas semanas; era um absurdo que estivesse voando ainda em período de experiência e sem conseguir usar direito o sistema de alocação de férias anuais.

— Katya! — disse Zoe, confusa.

— Oi — completou a outra, meio forçada.

— Oi, Zoe! — respondi para a Zoe. — Bom dia — falei para a outra, que acenou com a cabeça. Era óbvio que eu não me lembrava do nome dela, nem ela se lembrava do meu. Apesar de Sheila ou Shona, ou quem quer que fosse, estar se equilibrando na chaminé, num elegante arabesco, desafiando a gravidade, e eu fosse um espectro translúcido, ainda havia certa formalidade entre nós.

— Venha, junte-se a nós, Katya! — gritou Zoe. — É *incrível!*

— Seu desejo foi concedido! — falei, como idiota. — Mas como você faz isso?

— Não sei! — respondeu Zoe. — Só acordei e sabia que podia voar! Vamos lá, venha conosco!

— Não posso — falei. — Escolhi a invisibilidade.

Nunca me senti tão triste por ser alguém que não podia voar.

— Mas eu consigo te ver! — disse Zoe. — Bem, um pouco. Você está horrível.

— Me ajudem — falei com a voz triste. — Quanto tempo vocês acham que isso vai durar?

— Oh, meu Deus! Espero que... para sempre! — gritou Zoe, dando uma cambalhota incrível. — Estou voando, Katya! Sou *liiiiivre!*

E foi embora. Eu não podia julgá-la. Se fosse meu superpoder, talvez eu também não me importasse com mais nada.

Provavelmente, a mesma coisa estava acontecendo com o Jav. Ele deveria estar muito ocupado, correndo para cima e para baixo das montanhas, para pensar em salvar a civilização. E Arvi, sem dúvida, estaria dançando com um polvo ou acasalando com uma arraia naquele momento.

Ninguém havia escolhido gentileza ou consideração como superpoder, afinal. Para ser honesta, a única razão pela qual eu pedira invisibilidade foi para ser diferente de Zoe e daquela nova garota, que haviam escolhido voar. Não queria que as pessoas pensassem que eu era um clichê. Existe algo mais triste do que isso?

Enquanto todos os outros estavam com medo de perder seu poder, eu estava vivendo sob a terrível ideia de que nada disso terminasse.

Passei a tarde toda comendo, assistindo a programas ruins e tentando não tropeçar ou bater nos meus membros invisíveis, o que era mais difícil do que se pode imaginar. Acho que chorei um pouco. Lembro-me de ter rastejado para debaixo do edredom. E talvez tenha aberto uma garrafa de Chardonnay.

(A propósito, caso você esteja se perguntando, não produzo nenhuma sombra. Como seria possível? Não reflito nenhuma luz.)

Quando estava prestes a servir outra taça de vinho, lembrei algo que minha mãe costumava dizer. "Todo problema é uma aventura disfarçada! Para onde o seu vai levá-la hoje?"

Ela era professora de arte. Não sei como essa filosofia está funcionando para minha mãe agora, que mal consegue falar ou comer e passa os dias olhando pela janela ou gritando: *Ele vai chegar aqui na terça-feira!*, muitas vezes sem parar, por horas a fio.

No entanto, devo ter sido dominada por uma súbita vontade de aproveitar ao máximo minha situação, porque larguei a garrafa de vinho. Mais uma taça e eu teria ultrapassado o nível de tolerância. Por que uma pessoa invisível se preocuparia com infrações de trânsito? — você deve se perguntar. Bem, para começar, o carro ainda era meu. Não havia nada de invisível no meu Corsa cor de mostarda, e, se eu batesse, ainda sangraria, mesmo que os paramédicos não conseguissem ver meu sangue.

Falei para mim mesma que não faria, mas fiz. Voltei para o meu disfarce de Rei da Noite e dirigi até a casa do Jed. No carro, tirei a roupa e entrei no jardim pelo portão, que ele nunca trancava direito.

Jed estava no trabalho. Mas, pela janela do quintal, vi Jane, sua, entre aspas, *ex*. Jane, que estava usando o roupão marrom dele e tinha o cabelo enrolado numa toalha, parecia bem à vontade. (Eu a reconheci do mercado, onde trabalhava como supervisora.) Enquanto eu observava, ela entrou na cozinha e se curvou para colocar uma roupa para lavar.

Meu coração batia forte. Eu me senti mal e comecei a tremer. Mas também senti uma espécie de alívio. Por meses estava desconfiada de Jed e dos sentimentos que ele tinha por ela. Pela maneira como evitava mencionar o nome dela ou ficava cauteloso e evasivo se eu alguma vez a mencionasse.

Eu estava certa em desconfiar, em me perguntar se ele ainda sentia algo por Jane. Não precisava mais me preocupar, porque agora eu *sabia*. Talvez aquilo fosse algo novo, que tivesse começado depois da nossa última separação, ou talvez fosse um caso antigo. De qualquer forma, não importava. Agora, pelo menos, eu sabia.

Está parecendo que fiquei calma com relação a tudo isso, mas não fiquei. Foi provavelmente por isso que corri em volta da casa, batendo na janela dos fundos, na da cozinha e na porta da frente. Jane olhava alarmada. Ficou dando voltas, para tentar ver de onde vinha cada novo barulho. Enquanto eu observava, ela ia ficando mais nervosa. Pobre garota.

Depois, peguei os móveis do quintal e fiz com que "levitassem". Fiz as cadeiras girarem e os comedouros de passarinhos darem cambalhotas. Quando a gaiola aparentemente flutuou sobre a mesa, vi Jane correr para o andar de cima gritando. Mas móveis flutuantes não são algo que se veja todos os dias, e, apesar de aterrorizada, ela não resistiu em espiar pela janela do quarto. (*Nosso* quarto, era como eu pensava até recentemente.)

Para retribuir sua atenção, peguei algumas calcinhas, que encontrei penduradas no varal do Jed, e comecei a arrastá-las pelos arbustos do quintal. Certo, não foi grande coisa, nem foi inteligente. Além disso, arranhei minhas pernas numa roseira e podia sentir que havia quebrado uma unha. Mas era definitivamente uma aventura disfarçada de problema, como minha mãe poderia ter dito.

Através da janela do andar de cima, vi Jane ligando para alguém. A polícia? Jed? Imaginei meu recém-ex atendendo à ligação no trabalho, tentando manter a calma na frente dos colegas na empresa de seguros. Talvez estivesse se perguntando se escolhera a mulher errada? Talvez estivesse se perguntando se uma namorada maluca era o castigo pela maneira como me enrolou?

Duvido. Ele provavelmente ficaria envergonhado com aquilo tudo. A máquina de café grátis foi a coisa mais emocionante que já tinha acontecido naquele escritório, pelo que sei. Será que os danos de um ataque de fantasma geram questões interessantes em termos de cobertura de apólice, pelo menos?

De qualquer forma, eu tinha me divertido. Era hora de ir embora. Saí pelo portão e voltei para o carro, que, sem pensar, eu havia estacionado longe da casa. Consegui escapar sem problemas. E, querendo ou não, tinha me livrado do Jed.

Depois de uma tarde tranquila, durante a qual todo o meu corpo se recusou a aparecer, tomei alguns drinques e fui para a cama. Não tinha feito grandes coisas, mas, com todo o choque e o transtorno do dia, eu estava exausta.

Quando me enfiei debaixo do edredom para uma noite que começaria cedo, senti o meu telefone vibrar.

Tudo bem?, dizia. *Quer tomar algo amanhã à noite? Bjo*

Uau, não demorou muito! Peguei o telefone e respondi a Jed: *Não posso te ver.*

Eu me aconcheguei sob os cobertores e tive sonhos maravilhosos de que eu era inconfundível, flagrante e obscenamente *visível.*

Eram 3h12 da manhã quando acordei. Vesti-me, entrei no Corsa e dirigi alguns quilômetros.

Fora da antiga casa de repouso, estacionei e tirei a roupa. Sempre me perguntei como era a segurança daquele lugar. Havia um atendente fumando com a porta da frente aberta; então, foi bem fácil entrar. Até tive tempo de passar um pouco de álcool em gel nas mãos.

Passei por um corredor de linóleo azulado após outro e subi uma escadaria de linóleo avermelhado, com degraus cobertos de tiras de borracha para segurança. Um zumbido constante de equipamentos preenchia o local. Vez por outra, em algum lugar nos fundos do prédio, o som de uma porta automática se abrindo e se fechando quebrava o silêncio. Por toda parte havia aquele cheiro conhecido e desagradável, uma combinação de desinfetante, legumes cozidos e aromatizador de ambiente, com uma sutil mas inconfundível nota de mijo.

Passei pela enfermeira jogando Candy Crush atrás da mesa no final do corredor da mamãe e abri a porta do quarto.

Conseguia ver a forma dela à meia-luz. Sua silhueta leve estava em um lado da cama, posicionada diagonalmente para a mesa de cabeceira, sobre a qual havia um copo de água, uma caixa de lenços de papel e um livro ilustrado dos impressionistas que eu lhe dera. Ressonava suave, quase musicalmente. Enquanto exalava, sua boca fazia um zumbido leve, um tipo de som sibilante. Eu me sentei calmamente na cadeira perto da cama e acariciei seus cabelos brancos. Ela teve um sobressalto.

— Psiu, mamãe — sussurrei, segurando a mão dela. — Psiu. Está tudo bem. Vou cuidar de você.

Ela voltou a se acomodar, apoiando a testa na palma da minha mão.

Meu telefone vibrou. Era Lynne, mandando uma mensagem para dizer que não iria trabalhar naquele dia, pois estivera mais da metade da noite acordada. É *esse* vírus desgraçado, disse ela. *Continuo com ânsia de vômito. A menos que...? Será que estou...?*

Mamãe se virou. *Vá para o jacinto-silvestre, querida. Muito azul. Azul-azul,* disse ela para si mesma, com a boca formando um meio--sorriso estranho.

Nunca se sabe, respondi à mensagem.

O quarto da minha mãe dava para um pequeno parque abandonado, com dois balanços e alguns jacintos-silvestres em volta de um carvalho velho. Mamãe gostava de olhar para lá porque se lembrava do bosque de jacintos-silvestres de sua infância, como nas fábulas. Nada mais tinha sido tão azul, como ela sempre contava.

— Psiu, mãe — sussurrei, apertando a mão dela.— Vou cuidar de você. Estou te vendo.

No dia seguinte, Zoe e Shania (?) tiveram que ser resgatadas do telhado de Canary Wharf. Encolhidas com medo e hipotermia, não conseguiram explicar suas ações, e a polícia estava considerando fazer uma denúncia. Jav ficou preso nos Alpes em algum lugar, e Arvi teve que ser resgatado por um bote salva-vidas em Lowestoft.

Quando acordei na minha cadeira, coberta apenas por um cobertor xadrez, pude ver minha unha quebrada e minha mãe em paz.

QUEM É O MEU VIZINHO?

Eva Wilch, Castle View Estate

Procura-se: Kookoo, gata tigrada — você pode ajudar?

Olá a todos, só para dizer que nossa gata tigrada de treze anos desapareceu anteontem à noite. Foi vista pela última vez na terça-feira às nove da noite. Ela em geral é muito caseira, raramente sai de casa ou do jardim. Tem listras marrons e amarelas nas costas e uma mancha branca na parte traseira da pata esquerda. A coleira diz KOOKOO + nosso número de celular, mas pode ter caído. Moramos na esquina da Bodiam Road com a Lincoln Drive. Por favor, verifiquem seus galpões e garagens. Ela é um membro muito querido da família, e estamos muito preocupados.

13 set — Castle View Estate — Tags: Você pode ajudar?

Basil Delpierre, Castle View Estate

Alguém recomenda um encanador?

Alguém tem indicação de um encanador local que seja confiável e não custe um rim? (Pergunta difícil, eu sei!!!) Estou com um problema nas configurações da minha caldeira, que pode ou não estar relacionado a um estranho ruído de uivo que continua saindo das torneiras à noite. Bem, acho que são as torneiras — mas, quando achei que tivesse encontrado a fonte do barulho, parece que ele passou para outra parte da casa...

13 set — Castle View Estate — Tags: Trabalhadores de confiança | Você pode ajudar?

Don Hedley, Border Hill

Clube de *striptease* ou loja de kebab?

Alguém sabe o verdadeiro propósito da nova "loja de kebab" que está abrindo na Stirling Lane, à esquerda do Old Wetherspoons? Aparentemente eles "dizem" que vai ser um lugar de kebab, mas o nome é Carne no Espeto [sic], e o panfleto que tenho mostra a foto de uma mulher seminua balançando sobre um grande pedaço de carne no que pode ser um tipo de trapézio S&M. (Parece um pouco o modelo Swing Sex Roxo da Lovehoney.com, mas como eu poderia saber?) Um amigo com espiões no departamento de planejamento me disse que estão solicitando uma licença para um bar no andar de cima. Não resta nenhum lugar seguro? Será que vai ser um clube fechado? Quanto vão cobrar dos homens por seus pecadilhos? Uma publicidade de extremo mau gosto, mesmo que o resto não seja verdade.

15 set — Border Hill — Tags: Acontecimentos locais | Abrir e fechar | Você pode ajudar?

> *Eva Wilch, Castle View Estate*
>
> Isso é nojento. Tenho duas filhas adolescentes, e na era do #me too é incrível que as pessoas (ou seja, homens) ainda consigam fazer essas imundícies. Poderíamos organizar um abaixo-assinado aqui?

> *Don Hedley, Border Hill*
>
> Concordo, Eva. A melhor opção antes de um protesto formal pode ser ir ao clube, ou o que for, incógnito, talvez fazer algumas filmagens secretas, e ter uma noção da escala da perversidade envolvida. Não é agradável, mas fico feliz em ajudar, pelo bem da comunidade.

> *FatBeats, Border Hill*
>
> Hahaha! Obrigado por cuidar de nós, Don! Lamento muito que tenha que passar por isso. Espero que pelo menos botem um pouco de molho picante na sua ~~ereção~~ refeição.

Basil Delpierre, Castle View Estate

A Alexa é senciente?

Certo, um título controverso, mas estou me perguntando se essa tecnologia ativada por voz não foi um pouco longe demais?? Por volta das três da manhã, fui abruptamente acordado do meu repouso ouvindo um som agudo de choro. Era como uma gaivota com dor ou um bebê sendo torturado. Peguei meus óculos, fui até a porta ao lado e vi que o círculo azul no meu Amazon Echo Dot estava iluminado. Os ruídos pareciam estar vindo dali. Opiniões, por favor — especialmente se você trabalha com tecnologia.

16 set — Castle View Estate — Tags: Você pode ajudar? | Conversa técnica

> *Eva Wilch, Castle View Estate*
>
> Concordo: a automação foi longe demais. Ontem à noite eu estava discutindo (nada muito sério) com meu marido sobre o custo de colocar um navio petroleiro no seguro, e hoje de manhã minhas buscas na internet estão cheias de anúncios de software de seguro marítimo!
>
> PS: Sim — temos uma Alexa, embora tenhamos começado a falar mais baixo perto dela...

> *Don Hedley, Border Hill*
>
> Oi — isso é muito estranho! Aconteceu a mesma coisa na semana passada. Eu estava conversando sobre disfunção erétil (num sentido puramente acadêmico), e no dia seguinte havia anúncios de consultórios no meu navegador!!!

> *FatBeats, Border Hill*
>
> Basil, por que você simplesmente não desligou ela? @Don, parece que você precisa de um espeto para sua carne!!!

> *Basil Delpierre, Castle View Estate*
>
> FatBeats, eu desliguei! Mas isso é que foi estranho: continuei ouvindo barulhos mesmo assim, só que mais abafados. Como se fosse uma espécie de piado malicioso, um tipo de sussurro diabólico que fica no canto da sua mente quando você está tentando dormir e tem certeza

de que vai ter de novo aquele pesadelo em que aparece um rosto nas escadas, sabe?

> *Eva Wilch, Castle View Estate*
Não entendi nada, Basil. Meus pesadelos são sempre aqueles chatos, nos quais meus dentes caem. O que sua família tem a dizer sobre tudo isso?

Basil Delpierre, Castle View Estate
Colchão para venda
Colchão duplo disponível para retirada. Ainda há muita vida nele para o casal certo.
16 set — Castle View Estate — Tags: Compra e venda | Você pode ajudar?

> *FatBeats, Border Hill*
Uau. Esse não era o conto do Hemingway?

Basil Delpierre, Castle View Estate
Luzes brilhantes sobre minha cabeça — alguma ideia?
Eu estava do lado de fora de casa por volta das onze ontem à noite, pegando algumas coisas na garagem. Quando a fechei, ouvi um sinal sonoro em cima de mim, olhei para cima e vi o que deve ter sido um drone voando não muito alto. Ao olhar à minha volta, vi mais oito ou dez deles, todos com pequenas luzes vermelhas e brancas piscando, fazendo zumbidos baixos e bipes. Alguém sabe o que é isso? É a polícia? É legal?
18 set — Castle View Estate — Tags: Acontecimentos locais | Conversa técnica | Crime e segurança | Você pode ajudar?

> *Eva Wilch, Castle View Estate*
Oi, Basil, pode ser a polícia — ouvimos vários helicópteros novamente à noite. Será que pode ter a ver com aquela apreensão de drogas na avenida Lewes no fim de semana passado?

> *Don Hedley, Border Hill*
Também poderia ser um bando de garotos experimentando seus novos presentes de Natal antecipados! (Ou garotas, suponho — não sei por que

presumo que são rapazes??) Parece estranho que tantos estejam pairando sobre uma única casa dessa forma. Espero que não estivessem tentando espiá-lo nu ou algo do tipo!! Eu acidentalmente capturei umas filmagens de pessoas tomando sol nos jardins com o meu!!

> *Paul Pond, Border Hill*
Não quero criar pânico, mas alguém já pensou que poderiam ser ladrões tentando descobrir se sua casa está ocupada, como é seu sistema de segurança etc.? Aparentemente, eles podem invadir o seu medidor inteligente e descobrir a que horas as luzes se apagam, assistir à televisão, e tudo o mais. Já acordei e encontrei minha TV em um canal diferente. Tenho um amigo maçom que conheceu um cara do departamento de investigação criminal em um evento, e ele diz que os ladrões usam drones para descobrir onde está a polícia, pois assim podem planejar os roubos sem medo de serem pegos. Além disso, aparentemente, o exército os usa para ver se algum imigrante ilegal está vivendo nos prédios ou plantando maconha hidropônica em lofts etc...

> *FatBeats, Border Hill*
Mano, o exército não se envolve em casos de drogas!

> *Paul Pond, Border Hill*
Não foi isso que ouvi falar. E tenho um tio militar reformado.

> *Peter Fenster, Castle View Estate*
Com as mídias sociais e o excesso de burocracia da UE, os drones são uma maldição dos tempos modernos. Infelizmente, não acho que você possa legalmente abater um. Mas pode derrubar um ilegalmente com facilidade, com uma pistola de ar comprimido decente (!). Se quer saber, li que o principado de Mônaco aparentemente contratou uma empresa para instalar um sistema de alta tecnologia que detecta, monitora e bloqueia drones. Isso pode estar um pouco além de nossos orçamentos no momento, mas se o incômodo continuar, tenho certeza de que o preço dessas coisas vai cair. Talvez pudéssemos financiar um sistema de

defesa para todo o espaço aéreo de nossa vizinhança? (Ou pelo menos o lado de Castle View.)

> *Paul Pond, Border Hill*

Conversando com um cara ontem à noite que trabalhou com a Google, ele diz que o que está acontecendo agora é apenas a ponta do iceberg. Eles têm uma nova tecnologia que usa algoritmos e análise preditiva de sentimentos para descobrir o que vamos procurar... antes mesmo de sabermos! Tudo foi longe demais. Mas quem vai detê-los? Os políticos com certeza não, isso é certo, porque a Google já sabe de todos os podres deles por conta da vigilância de dados, registros de escuta, acompanhamento do histórico de buscas etc. Estamos ferrados.

> *Eva Wilch, Castle View Estate*

Imagino que você tenha votado pela saída do país da UE, né, @Peter?

> *Paul Pond, Border Hill*

Além disso, Taylor Swift está usando agora o reconhecimento facial em seus fãs. Ela diz que é para detectar *stalkers*, mas ouvi dizer que é para ela banir de futuros shows qualquer um que não esteja dançando o bastante.

> *FatBeats, Border Hill*

Daqui a pouco eles vão enviar *bots* para rastrear nossos sonhos...

> *Mary Tomkinson, Castle View Estate*

Oi, Basil, moro na sua rua — a algumas portas de distância, acho, e não ouvimos nada. Você não acha que foi a sua Alexa maluca de novo, acha?!?!

> *Basil Delpierre, Castle View Estate*

Você realmente acha, dr. FatBeats? Isso explicaria tanta coisa!

> *Peter Fenster, Castle View Estate*

Não tenho certeza se é apropriado especular sobre a posição política das outras pessoas, Eva, e tenho certeza de que o RoundMyWay não é o fórum para isso. Mas fico feliz pelo menos que você encontre algo engraçado na perspectiva de um país outrora grande renunciando à perda de sua soberania, seu controle sobre as próprias fronteiras e seu direito de fazer comércio livremente com o mundo inteiro.

> *FatBeats, Border Hill*
> Mano, o que você anda fumando?!

Jo Kari, Castle View Estate

Quer uma mudança completa para as festas de fim de ano? Sim!

Olá a todos — Sou Jo, uma qualificada terapeuta de beleza holística e maquiadora com catorze anos de experiência. Trabalho no meu estúdio em casa, aqui na Melbourne Road, e como acabei de entrar na RoundMyWay, gostaria que todos soubessem que ainda tenho algumas vagas no período que antecede o Natal. Então, se você quiser marcar uma consulta para se preparar para uma grande noite de festa, ou se quiser algum conselho sobre um bom visual para as férias, é só falar comigo. Também faço consultas sobre guarda-roupa e compras. Para aqueles que gostariam de dar o presente da beleza neste Natal, vales-presente e "ingressos para a temporada de beleza" também estão disponíveis.

4 nov — Castle View Estate — Tags: Trabalhadores de confiança | Saúde e bem-estar | Compra e venda

Christine Allerby, Border Hill

É bom estar viva!

Olá, companheiros do RoundMyWay! Esta manhã acordei cedo, fiz um espresso e fiquei de roupão do lado de fora do quintal. O ar era revigorante, um belo padrão de rastros cruzava o céu azul-celeste da manhã, com pássaros cantando e gorjeando, e o barulho da água ao lado era agradável. De repente, pensei que, em meio a toda a desgraça e tristeza do Brexit e do Trump e das mudanças climáticas, o mundo ainda é um lugar extraordinário, e é uma bênção estar viva, só por ter chegado até aqui, até hoje. Portanto, quem quer que esteja lendo isso, saiba que você é amado e perdoado. Aprecie este exato momento. Sim, você! E sim, neste dia! Este momento!

E se você precisar de uma xícara de chá e um pouco de companhia, sempre encontrará uma recepção calorosa em nossas manhãs de café no salão da igreja de São João Evangelista, na Richmond Row. Não se preocupe, sem compromissos ou conversas estranhas — somos apenas algumas pessoas vivendo com felicidade à luz do Senhor, que por acaso fazem um cappuccino espumoso por apenas £1,20. Espero vê-los lá um dia!
6 nov — Border Hill — Tags: Acontecimentos locais | Saúde e bem-estar

Basil Delpierre, Castle View Estate
Alguém teve ratos?
Alguém pode sugerir uma boa empresa de extermínio de roedores? Continuo ouvindo arranhões atrás das minhas paredes e dos rodapés. Fica pior à noite. Muito barulho vindo do quarto da minha mãe.
9 nov — Castle View Estate — Tags: Trabalhadores de confiança

> *Mary Tomkinson, Castle View Estate*
> Você precisa da The Rat Lady. Não consigo encontrar o número dela para passar, mas basta pesquisar no Google — ela tem um site, a empresa fica em algum lugar perto, como o Cloud Park. Ela nunca me decepcionou!

> *Basil Delpierre, Castle View Estate*
> Obrigado! Vou tentar com ela. Está chegando ao ponto em que ainda ouço o barulho mesmo quando não estou mais em casa. É quase como se os ratos estivessem na minha cabeça. Ou talvez eu

Mary Tomkinson, Castle View Estate
Você poderia consertar minha vidraça?
Olá a todos, estou procurando alguém para consertar uma vidraça rachada na minha balaustrada infinita. Desculpe postar pela terceira vez sobre isso, mas o fabricante original entrou em falência e diz que não pode legalmente recomendar outra empresa. Com certeza alguém pode trocá-la, não? Incluí foto desta vez.
12 nov — Castle View Estate — Tags: Trabalhadores de confiança | Você pode ajudar?

> *FatBeats, Border Hill*
"Balaustrada infinita"??! — Acho que se você tivesse dito no começo que precisava de uma vidraça nova para a sua varanda as pessoas teriam uma vaga ideia do que estava falando!

> *Peter Fenster, Castle View Estate*
Ignore-o! Os vidraceiros Double Bubble poderão ajudar, Mary. Eles não são os mais baratos, mas são muito versáteis e aceitam todo tipo de trabalho. Pelo menos serão capazes de dizer se é possível. O trabalho deles é sempre muito atento à produção local também. Envie os detalhes para eles.

Mary Tomkinson, Castle View Estate

Por favor, recolham meus eletrodomésticos quebrados!

Tenho um exaustor quebrado com motor intacto, uma máquina de lavar louça com uma porta que não fecha e uma geladeira com revestimento desgastado. Todos são seus se puder recolhê-los!

12 nov — Castle View Estate — Tags: Você pode ajudar?

> *FatBeats, Border Hill*
Uau, do jeito que você fala, dá vontade até de comprar, Mary! Deixe-os na porta como todo mundo, e os homens do ferro-velho virão e os levarão.

> *Peter Fenster, Castle View Estate*
Ainda não passei por aí hoje, Mary, mas espero que esses aparelhos não estejam espalhados pela calçada. Ao contrário do comentário acima, NÃO é aconselhável deixar as coisas do lado de fora para "os homens do ferro-velho" pegarem. Eles são operadores não autorizados que não seguem nenhuma diretriz de saúde e segurança, e, uma vez encorajados, sem dúvida começarão a andar olhando latas de lixo, entradas de carro e jardins de outras pessoas atrás de algo. Por favor, use os canais apropriados — é para isso que pagamos impostos!

> *FatBeats, Border Hill*
Uma palavra, mano. Diboa.

> *Peter Fenster, Castle View Estate*
"Diboa" não é uma palavra.

> *FatBeats, Border Hill*
Na verdade, mano, é sim.

> *Peter Fenster, Castle View Estate*
Acho que sei mais sobre o que constitui uma palavra do que alguém que se chama FatBeats e só consegue se expressar por meio de emoticons.

> *FatBeats, Border Hill*
Na verdade, mano, para sua informação, sou pesquisador pós-graduado completando um mestrado em Filologia Pragmática na Universidade Birkbeck, então, tenho a ciência do meu lado quando digo que, se você reconhece uma breve sequência de letras ou sons, e tem uma boa ideia de sua intenção comunicativa e contexto, é bem provável que tenha uma palavra real em suas mãos. Dito de forma simples, a palavra é constituída a partir do consenso evolutivo de uma comunidade de usuários de línguas compartilhadas, não de um apelo espúrio à etimologia ou de alguma autoridade cultural autointitulada. Para citar o excelente artigo de Johnson na *The Economist*: "Quando as pessoas criticam as não palavras, em geral trata-se apenas de uma maneira preguiçosa de criticar seus usuários."

Peter Fenster, Castle View Estate

Mais três carros arrombados em um fim de semana!!!

Quando vi que meu carro tinha sido arrombado e que o GPS havia sido roubado na noite de sexta-feira, fiquei espantado ao descobrir que desde então três incidentes diferentes de arrombamentos ou tentativas de roubo de carros aconteceram nas últimas 48 horas. Tenho quase certeza de que se trata dos ciganos de Brookmans Common. E a polícia é inútil, como sempre.

12 nov — Castle View Estate — Tags: Acontecimentos locais | Crime e segurança

> *FatBeats, Border Hill*
Mano, mandou mal.

> *Eva Wilch, Castle View Estate*

Lamento muito saber disso, Peter. Mas para desenvolver o que considero ser a posição de FatBeats, posso pedir que você se abstenha de usar a palavra "ciganos"? É bastante ofensiva, e, não sabemos quem foram os autores de qualquer um desses incidentes — ou, na verdade, se todos eles estão conectados.

Mary Tomkinson, Castle View Estate

PVC ou alumínio?

Alguém conhece um fornecedor acessível de janelas de sacada? As molduras originais de madeira em estilo francês que temos são muito elegantes, mas não são à prova de vento encanado. Estou pensando em trocar por umas de PVC ou alumínio, mas estou preocupada com o visual. Alguém já fez isso recentemente? Poderiam recomendar alguém?

12 nov — Castle View Estate — Tags: Você pode ajudar? | Trabalhadores de confiança

> *Peter Fenster, Castle View Estate*

POR FAVOR. PVC. NÃO. COMBINA!!! Instalações insensíveis de janelas já são uma enorme deterioração para todo o patrimônio estético deste bairro. Por favor, não aumente o problema!!!

> *FatBeats, Border Hill*

Estou tentado a sugerir PVC apenas para irritar o Peter F., pois ele parece muito obcecado com isso. Mas, na verdade, elas são feias. Falando nisso, @Peter, você quis dizer "degradação"? Tenho certeza de que "deterioração" é uma palavra também.

> *Basil Delpierre, Castle View Estate*

Alguém pode recomendar janelas que impeçam as pessoas de ficar olhando de fora? (Ou de dentro?)

> *FatBeats, Border Hill*

Fala sério! Você é o cara que anda por aí verificando se as obras das pessoas estão de acordo com a sua ideia de o que combina com o caráter do bairro? O autoproclamado homem da prancheta? Há uma palavra para pessoas como você.

> *Peter Fenster, Castle View Estate*
Acho que "Um bom vizinho" é a frase que você está procurando.

> *Christine Allerby, Border Hill*
Tópico interessante, que me faz pensar naquela citação do Novo Testamento: "E quem é o meu próximo?" (Lucas 10:29). Muitas pessoas pensam que Jesus disse essas palavras, mas na verdade essa foi uma pergunta feita a Jesus por "um professor da lei" (Lucas 10:25), a fim de testá-Lo. A resposta de Jesus foi a Parábola do Bom Samaritano, perfeita, tão eloquente e importante hoje quanto sempre foi — especialmente aqui em RoundMyWay!

> *FatBeats, Border Hill*
Santos *trolls*, Batman!

> *FatBeats, Border Hill*
@Peter, não era essa a frase em que eu estava pensando. Por enquanto não consigo me lembrar. Mas, se lembrar, aviso quando nos encontrarmos na próxima terça-feira.

> *Peter Fenster, Castle View Estate*
O que vai acontecer na próxima terça-feira? Há alguma reunião do comitê de bairro? Não fui informado.

> *FatBeats, Border Hill*
<ESTE POST FOI BLOQUEADO POR CONTEÚDO INADEQUADO>

Basil Delpierre, Castle View Estate
Alguém pode recomendar um exorcista?
ACABE cOM a mINHA DOr!!!
14 nov — Castle View Estate — Tags: Trabalhadores de confiança

> *Jo Kari, Castle View Estate*
Olá. Basil, além de praticar terapia de beleza holística, sou também curandeira espiritual, filiada ao Conselho Internacional de Curandeiros de Mente:Corpo:Espírito. Não acreditamos no exorcismo em si, pois entendemos que demônios e outros espíritos indesejáveis são bloqueios em sua aura etérea causados por pensamentos e sentimentos não resolvidos de vidas anteriores, mas tenho certeza de que poderia ajudar.

Sugiro uma massagem inicial de limpeza da aura, seguida de um programa de trabalho corporal em tecidos profundos de vidas passadas. Acha que poderia ser mais fácil se eu fosse até você? A consulta inicial é gratuita, e podemos conversar sobre os preços depois disso. Obviamente é um trabalho muito especializado, e o plano de saúde não vai cobrir, infelizmente, mas os benefícios em termos de resolução psíquica e liberação da alma vão deixá-lo muito mais rico de outras formas. Basta me mandar uma DM, querido, e podemos começar!

> *Mary Tomkinson, Castle View Estate*
Recomendo muito a Jo! Ela me ajudou nas minhas duas gravidezes, e, além de aliviar dores musculares e eliminar a ansiedade, aprendi algumas valiosas lições de vida e filosofias que me auxiliaram em todas as outras áreas da vida. Uma experiência verdadeiramente curativa e fortalecedora! (Jo — pode copiar e editar se tiver ficado muito exagerado/não exagerado o suficiente.)

> *Don Hedley, Border Hill*
Muito intrigado com o ângulo do trabalho corporal, Jo! Há algum vídeo ou *demo* em que eu possa dar uma olhada? Seria bom aplicar um pouco dessa massoterapia no meu bloqueio.

> *Christine Allerby, Border Hill*
Deixe-me contar uma história. "Quando Jesus chegou ao outro lado, à região dos gadarenos, foi recebido por dois homens possuídos por demônios vindos dos túmulos. Eles eram tão violentos que ninguém po-

dia passar por ali... Ao longe, uma grande vara de porcos se alimentava. Os demônios imploraram a Jesus: 'Se você nos expulsar, mande-nos para o rebanho de porcos.' 'Vão', disse-lhes. Então, eles saíram e entraram nos porcos, e todo o rebanho pulou da encosta para o mar e pereceu nas águas..."

Poderoso, não? Muitas pessoas se surpreendem ao saber que a Igreja Anglicana — da qual, como evangélicos pentecostais, somos aliados — ainda hoje pratica o exorcismo. E você ficará encantado em saber que nosso próprio pastor Tony Simming foi recentemente designado ministro da Libertação da nossa diocese (pelo próprio bispo!). Falei de você para o Tony, e ele está orando pela sua situação, aguardando o discernimento do Senhor sobre qual é o próximo passo. Entretanto, para ter certeza de que é de fato um caso legítimo de possessão (e não, digamos, epilepsia ou pânico homossexual, como pode acontecer), ele pergunta se você já experimentou pelo menos três das seguintes coisas:

- Visões estranhas, por exemplo, de luzes ou vozes inexplicáveis na sua cabeça.
- Um sentimento de que os outros podem ler a sua mente, ou de que você pode ler a deles.
- Um sentimento de raiva ou profunda ansiedade quando passa por uma igreja.
- Uma relutância repentina em cozinhar com sal (Satanás odeia sal).
- Uma vontade de ver filmes de terror ou ouvir thrash metal.
- Busca conhecimento por meio de práticas espirituais falsas, como astrologia, osteopatia ou massagem indiana na cabeça.
- Uma obsessão por reality shows, promiscuidade sexual ou comida asiática.
- Vontade de ferir os animais, especialmente o gado.

Enquanto isso, fique calmo, continue orando e leve a Bíblia sempre com você. Se quiser ir tomar um café na igreja de São João Evangelista uma manhã desta semana, podemos lhe dar um frasco de água benta também — outra coisa que Satanás odeia!

Basil Delpierre, Castle View Estate

Sinto muito

Estou de coração partido ao informar que atropelei um gato esta manhã. O gato, que é tigrado com uma pata branca, parecia bastante velho, sujo e confuso, e se escondeu na rua atrás do pneu de um carro estacionado. Não consegui ver, não houve tempo para fazer nada. Lamento muito. Estou com o corpo — se for seu animal, por favor, entre em contato comigo em privado pelo site e aceite minhas mais profundas condolências.

15 nov — Castle View Estate — Tags: Você pode ajudar? | Acontecimentos locais

> *Mary Tomkinson, Castle View Estate*
> Ah, isso é tão triste. Parece a gata da minha vizinha Eva. Vou até lá para ver se ela não leu a notícia. E deve ter sido muito traumático para você também, Basil — parece que não teve como evitar.

Eva Wilch, Castle View Estate

Correspondência recebida por engano

Recebi na minha porta esta manhã um pacote de cartas endereçadas a uma sra. Veronique Werter. As cartas foram enviadas por correio aéreo e parecem bastante antigas; que eu saiba, nunca morou ninguém aqui com esse nome (e moramos aqui desde meados dos anos noventa!). Alguém pode lançar alguma luz sobre esse mistério?

16 nov — Castle View Estate — Tags: Você pode ajudar?

> *Mary Tomkinson, Castle View Estate*
> Ooh, Eva! Talvez você devesse abri-las e ver o que dizem — poderia ser inspiração para outro de seus maravilhosos mistérios! (A propósito, você está escrevendo?)

> *Basil Delpierre, Castle View Estate*
> Não me atormente, Eva Wilch = Eva Bruxa! Você sabe muito bem que Veronique Werter era o nome de solteira da minha mãe. Essas cartas eram para o padre gnóstico e confessor dela, monsenhor Lafayette, e não saíram dos aposentos em que ela morreu desde que eu os tranquei há dezesse-

te anos. Aquelas cartas contêm os segredos do seu trabalho com os Cavaleiros Brancos de Avalon e não deveriam ser lidas por ninguém, nem mesmo pelo filho dela, exceto *in extremis*. Ontem, com os demônios se aproximando, finalmente abri seus aposentos, para ver se as cartas me davam uma luz... mas achei a gaveta arrombada, e o conteúdo dela tinha desaparecido!! Ah, como poderia ter aproveitado da sabedoria contida nelas nessa hora de grande necessidade! Mais uma vez peço que me deixe em paz, Bruxa, mas ainda ouço sua voz no meu aspirador de pó sem fio! Ah, diboa, minha balaustrada infinita!

> *FatBeats, Border Hill*

Mano, os Cavaleiros Brancos de Avalon... Eles eram tipo uma banda de rock progressivo...? Ou são mais como a KKK??

> *Mary Tomkinson, Castle View Estate*

Tem um cara na Lancaster Way que é um gênio absoluto com aspiradores quebrados. Um lugar pequeno, fácil de passar sem ver. Ele está lá há anos.

> *Eva Wilch, Castle View Estate*

Basil, tenho que confessar que não faço a menor ideia do que você está falando! Mas estou feliz por encontrar um lar para essas cartas, que, claro, não abri. Se puder me informar seu endereço, eu as enviarei esta tarde. Por acaso a casa é a com a estátua gigante da Virgem no jardim da frente, ao lado daquela gruta de quartzo de 1,80 m que fica numa nuvem de incenso debaixo de todos aqueles sinos de vento?

> *Peter Fenster, Castle View Estate*

Basil, essa é sua casa? Notei suas novidades na área frontal em uma das minhas últimas caminhadas, e me perguntei se poderíamos conversar. Sou a favor da liberdade de expressão religiosa (até certo ponto), mas acho que você tem que respeitar as normas culturais e estéticas locais, que estão muito bem estabelecidas e foram elaboradas ao longo de várias décadas. E, para ser franco, as cruzes vermelhas espalhadas por todas as suas portas e janelas são horríveis.

Jo Kari, Castle View Estate

Parto hipnozen consciente

Olá a todos. A pedido do público, estou de volta... Meus cursos para mães (e pais) esperando bebês iniciam novamente em janeiro. Se você está ansiosa com o parto, ou apenas quer se acalmar um pouco, vou oferecer: massagem fetal transformadora, construção de confiança pré-parto, visualizações embrionárias empoderadoras e — para mães solteiras — a sempre popular Desintoxicação do Papai! Primeira sessão gratuita quando você se inscrever para o pacote de seis ou mais. Veja meu site para saber mais detalhes.

19 nov — Castle View Estate — Tags: Saúde e bem-estar

> *Don Hedley, Border Hill*
> Parece ser muito interessante, Jo! Os pais solteiros podem participar? (Brincadeira.) Se eu tivesse uma boa esposa, é claro, tenho certeza de que estaríamos nos esforçando, por assim dizer, para chegar ao ponto em que ela estaria em condições de se valer de suas ministrações holísticas. (Piscada de olho!)

> *Basil Delpierre, Castle View Estate*
> Não, senhora súcubo! Os demônios relincham no meu portão, mas não me impregnarão! Nunca me violarão com sua semente! Não darei à luz um bebê de Rosemary! Meu ventre está selado com o melhor alumínio roubado pelos ciganos!

Eva Wilch, Castle View Estate

Seu assassino de gato louco

Basil, seu assassino de gatos sem coração, seu maluco de merda! Acabei de perceber que foi você quem matou a Kookoo. E como ousa sugerir que ela era suja e confusa!! Era um animal maravilhoso e estava perfeitamente alerta da última vez que a vimos!! Como coadministradora deste fórum, devo informá-lo de que seu status de membro está agora sob revisão.

20 nov — Castle View Estate — Tags: Crime e segurança | Saúde e bem-estar | Acontecimentos locais

> *Basil Delpierre, Castle View Estate*
> Em minha defesa, mandaram-me fazer um sacrifício, e um animal velho como aquele, que já sofria de perda de memória, provavelmente foi um alvo muito menos controverso do que outras opções, animais e humanas, que considerei. As vozes eram muito claras; espero que agora desocupem a minha mente. Talvez passem para a sua. Nesse caso, que Deus a ajude.

Mary Tomkinson, Castle View Estate

Par de óculos encontrados na rua Stepney

Um par de óculos estava em cima de uma caixa de correios na rua Stepney, quando passei ontem de manhã (terça-feira). Armação de casco de tartaruga, provavelmente de um homem. Talvez possa ter caído do bolso de alguém enquanto se inclinava para postar algo?? Como eles ainda estavam lá quando voltei algumas horas depois, eu os levei comigo para que ficassem em um lugar seguro. DM pelo site, se forem seus.

21 nov — Castle View Estate — Tags: Você pode ajudar?

> *Basil Delpierre, Castle View Estate*
> Meus olhos! Meus olhos! Cubra meus olhos com PVC de massagem para tecido profundo! Consulte meu guarda-roupa! Tire meu capuz! Desbloqueie minhas vidas anteriores! Mas... não enfrente o olhar da gigante Tartaruga da Tortura!!

> *FatBeats, Border Hill*
> Mano, você parece um *bot*!

Basil Delpierre, Castle View Estate

Um sinal, finalmente!!

Depois das tempestades de ontem à noite, acordei e encontrei um grande visitante no meu gramado. Uma concha de vieira azul-piscina gigante, claramente um sinal de São Tiago de Compostela de que Deus ouviu minhas orações e Seus santos estão trabalhando para interceder em meu favor. Louvado seja! (Imagem anexa) Você conhece a história? *Tiago, o irmão de Jesus, foi perseguido e morto na Terra Santa por pregar sobre seu irmão. Depois que morreu, seus restos mor-*

tais chegaram até a Galícia, no norte da Espanha. Quando o navio que levava Tiago se aproximava da costa, conta a lenda que um cavalo com um jovem em suas costas entrou em pânico e cavalgou direto para o mar. Mas, por um milagre, homem e cavalo foram salvos e emergiram das ondas cobertos de conchas de vieira — até hoje, o símbolo sagrado de todos os peregrinos que percorrem o caminho de Santiago de Compostela até o seu santuário.

Tendo cavalgado nas costas de um demônio louco e temido por minha vida nas águas profundas da loucura e da possessão, agora também saio finalmente para o litoral repleto de vieiras de saúde e santidade.
Aleluia!
27 nov — Castle View Estate — Tags: Saúde e bem-estar

> *FatBeats, Border Hill*
> Odeio estragar sua parada, mano, mas essa foto que você tem aí é de um desses revestimentos de plástico para tanques.

VOZ ATIVA E PASSIVA

Podemos diferenciar entre duas vozes: **ativa e passiva**.

A voz é útil para ajudar a escolher **em que parte de uma frase queremos nos concentrar**. E, ao contrário de alguns conselhos populares, usar a voz passiva não faz de você automaticamente uma pessoa passiva!

Diferenciando a voz ativa e a passiva
A diferença entre ativa e passiva é mais fácil de mostrar do que de explicar; então, vamos começar com alguns exemplos:

[1] Jane lavou a roupa para os dois.

Essa é uma frase ativa. O sujeito *Jane* do verbo *lavou* é também aquele que está fazendo a ação. Essa **coincidência do sujeito do verbo e do executor da ação** é a chave para identificar e compreender a voz ativa.

Porém, você pode pensar que o sujeito do verbo em uma frase é sempre o executor da ação. Não é assim! Veja este exemplo:

[2] As roupas são lavadas por Jane (to-das as se-ma-nas).

Aqui o sujeito é *as roupas*, e a frase verbal que acompanha é *são lavadas*. Mas, ao contrário do que alguns (ou seja, Jim) possam pensar, as roupas não se lavaram sozinhas. *Jane* é quem as lavou, outra vez, mas, embora a frase esteja descrevendo o mesmo estado de coisas do que no exemplo [1], Jane não é mais o sujeito do verbo e foi relegada a uma posição no final da frase.

O executor do verbo em uma frase passiva é conhecido como **agente**. O agente é fácil de identificar porque em geral é **precedido por *com* ou *por***. Por exemplo:

> [3] Ela tinha ouvido muitas vezes, dito *por seus companheiros*, o quão perdedora era.

Assim, [2] e [3] são exemplos de uma sentença passiva, em que o receptor da ação, em vez de fazer a ação, torna-se o sujeito gramatical. Essa é uma construção muito útil quando queremos colocar o foco de nossa sentença na pessoa ou na coisa que é a receptora da ação.
Por exemplo:

> [4] *A cabeça dela tinha pirado com a* boa aparência dele, sua habilidade com um violão e o fato de que era o único cara que ela conheceu na vida que sabia dançar. Por um tempo, isso realmente pareceu bastar.
>
> [5] *Ela foi facilmente persuadida* a deixá-lo se mudar quando ele perdeu o apartamento. Será só por algumas semanas, disse ele.
>
> [6] Não era só a lavagem de roupa. Dia após dia, os *tapetes eram aspirados, a comida era comprada, os jantares eram preparados, a máquina de lavar louça era esvaziada* e *o banheiro era limpo* — enquanto Jim tocava mal seu bongô e assistia a vídeos da Ariana Grande, afirmando procurar "inspiração para meu primeiro álbum de sucesso".
>
> [7] *Os pedidos dela por responsabilidades mais igualitárias na casa foram atendidos* com indiferença amuada, virada de olhos sardônicos e protestos do tipo: "não posso agora, querida, estou na onda".

Podemos chamar o exemplo [7] de um caso de voz passiva-agressiva. Essa não é uma categoria estritamente gramatical, é claro, embora o comportamento tenha sido muito real e infinitamente repetido.

Formação do passivo

A construção passiva clássica consiste em uma **forma conjugada dos verbos *ser/estar* (entre outros) + um particípio passado.** Por exemplo:

[8] Quando sua mãe *foi* + *atropelada* por uma van e sua perna *foi* + *quebrada* em dois lugares, Jim não levantou o traseiro para ir vê-la no hospital (embora ela tenha emprestado todo aquele dinheiro para que ele pudesse gravar seu CD).

[9] Ele *havia* + *tido* muitas chances de resolver suas merdas.

[10] Ela *havia* + *se enchido* de raiva ao pensar em quanto tempo tinha desperdiçado com ele.

Enquanto o executor é conhecido como o agente, o receptor da ação é conhecido como **paciente**. E, por Deus, ela foi.

O passivo curto

Nos exemplos a seguir, colocamos o agente entre colchetes. Tente lê-los com e sem o agente.

[11] Tive um dia de merda no trabalho e só queria uma xícara de chá, pensou Jane. Mas o leite tinha sido todo consumido novamente [por Jim].

[12] Por que era esperado [por Jim] que ela fosse a provedora e a empregada doméstica no relacionamento deles, enquanto ele ficava sentado fumando, "curtindo" a noite toda e dormindo o dia inteiro?

[13] E quanto aos seus objetivos e ambições? Por que nunca tinham sido levados a sério [por Jim]?

[14] Ela notou que os dentes dele tinham sido clareados [por um dentista caro, sem dúvida] e se perguntou onde ele havia conseguido o dinheiro.

Como você deve ter notado, é possível, nesses exemplos, dispensar completamente o agente, e a frase ainda fará sentido. Essa construção é conhecida como **passivo curto.**

Há muitas razões pelas quais podemos querer dispensar o agente. Talvez seja óbvio:

[15] Os calores, os suores noturnos e o mau humor dela não tinham sido notados, exceto na estranha referência à "semana da TPM" ou a "estar naqueles dias". Ela não contou que já não estava menstruando.

Talvez o agente não seja central para a história que queremos contar com a frase:

[16] *Ele tinha sido visto* flertando com a garota que trabalha no The Roxy.

[17] *Todos os shows dele tinham sido cancelados*, ela descobriu, embora não estivesse claro se realmente tinham sido marcados.

Ou talvez não estejamos certos de quem seja o agente:

[18] —Você não *se sente amada*, querida? — perguntava ele sempre, olhando para ela de maneira especial sempre que discutiam. —Você não sabe o quanto *você é adorada*?

— Por quem? — respondia ela sem rodeios.

Mitos sobre o passivo

O passivo não é um tempo verbal. Na verdade, frases passivas podem ser construídas com qualquer tempo ou aspecto. Por exemplo:

[19] Novamente, *o dinheiro foi retirado* da conta conjunta — aquela que eles deveriam usar apenas para o aluguel e emergências.

[20] *Mais dinheiro dela provavelmente está sendo sacado agora mesmo*, pois ele acabou de sair para o bar com seus companheiros drogados e não ganha nada há meses.

[21] *Mais dinheiro sem dúvida será retirado amanhã*, a menos que ela faça alguma coisa.

Usar o passivo nem sempre é um sinal de má escrita. É muito útil em certos contextos. Além de nos permitir mudar o foco de uma frase para o elemento que queremos priorizar, também nos permite colocar no final da frase qualquer elemento sobre o qual temos muito a dizer. Por exemplo:

[22] Ela foi acompanhada ao especialista por sua irmã, *que era a única que nunca havia tentado julgar seu relacionamento, mas que obviamente estava feliz por Jane estar finalmente pensando em expulsar aquele vagabundo de sua vida de uma vez por todas.*

O uso do passivo não faz de você automaticamente alguém sem responsabilidade. Por causa do passivo curto sem agente, as pessoas acham que a voz passiva é uma parte muito capciosa da fala usada por quem tenta se esquivar da responsabilidade. Na verdade, esse efeito é igualmente possível na voz ativa. Por exemplo:

[23] — Os planos são para os certinhos, querida — dizia ele naqueles raros momentos em que ela ousava perguntar como estavam as coisas entre eles. — Não é assim que rola entre nós.

[24] — Não vamos apressar as coisas — disse ele. —Se um bebê nos quiser, virá bater na nossa porta.

Usar a voz passiva não precisa significar que você é passivo! As pessoas costumam confundir a voz passiva com a passividade como uma falha de caráter. É verdade que, historicamente, a voz passiva tem sido utilizada para reforçar os papéis estereotipados de gênero, por exemplo: uma mulher durante muitos séculos não podia *se casar*, só podia *ser casada*. E certos verbos de relações sexuais seguiam um padrão semelhante até pouco tempo atrás em nossa história cultural.

Mas às vezes a construção passiva pode sinalizar uma decisão proativa, por mais difícil que seja. Por exemplo:

[25] A causa da insuficiência ovariana prematura é muitas vezes desconhecida.

[26] Quando ele acordou no dia seguinte, as fechaduras já tinham sido trocadas, e a maior parte de suas coisas já tinha sido empilhada em sacos de lixo no corredor.

[27] A sabotagem da sua Fender vintage — a única coisa com que ele realmente se importava, além de si mesmo — não seria percebida por várias horas, pelo menos.

Exercício final

Veja as frases seguintes e decida quais orações estão na voz ativa ou na passiva:

[28] Os telefonemas e as mensagens dos amigos não foram atendidos; Jane queria ficar em paz com sua tristeza.

[29] Aos poucos, ela viu um novo caminho pela frente, e sabia que esse sentimento de fossa era o começo inevitável dele.

[30] Ela não sabia o quanto queria um filho, até que percebeu que não poderia ter um.

AGORA E PARA SEMPRE

— Estou morrendo — disse o guru, e todos acharam maravilhoso. Tudo o que ele dizia era maravilhoso.

— Ele quer dizer que todos somos chamados a *morrer para nós mesmos* — falou alguém. — Todos os caminhos espirituais são assim, afinal de contas.

— Sim! Ao morrer para nós mesmos, *nascemos para muitos* — disse outro. — Ou seria o contrário?

— Isso significa que ele está a ponto de *deixar o ego para trás para sempre*. Que está se aproximando de *um novo nível de unicidade*.

— Uau! — exclamou outro. — Já sinto alguma coisa.

— O que acho que o Mestre quer dizer — disse aquele que o conhecia havia mais tempo, quando ele era apenas Dave — é que ele está morrendo fisicamente. Como em: *estou prestes a morrer*.

Os outros riram.

— Você está metido nisto com ele! — rebateu um. — É mais uma das travessuras divinas dele, outra das provas lúdicas do Mestre! Mas não tenha medo: não vamos falhar. Vamos desvendar a verdade.

— Sim! — afirmou outro seguidor. — Embora tendo sempre consciência de que a verdade e a falsidade são falsos opostos, como nosso amado professor sempre disse.

— Não neste caso, temo — disse seu amigo mais antigo e realista. — A tomografia é bem evidente, infelizmente. E o fato é que o Mestre tem umas quatro semanas.

— Ah, você e seus jogos sagrados! — exclamou outro apóstolo, deleitando-se. — Nós vamos chegar ao fundo disso!

O guru estava deitado num divã na sala de estar, cansado da temática implacavelmente oriental de seu mundo, de todos os tapetes e cobertores, do incenso e das sandálias. Nos últimos dias, ele havia desenvolvido um desejo pelas coisas de sua primeira casa. Foi algo alarmante, pois sua primeira casa tinha sido na cidade de Gravesend.

O nome significava algo como "mandar para o túmulo", *oh, Senhor*. (Não ele, o outro Senhor.) O guru havia ensinado as pessoas a ler sinais no universo, a discernir a intenção cósmica em cada trecho de música, cada borboleta voando, cada encontro casual. Mas será que ele realmente merecia algo de tão mau gosto quanto ser mandado para o túmulo?

Seus ajudantes fizeram o máximo para manter os seguidores a distância, mas todos sabiam que algo estava acontecendo e tinham medo de perder uma revelação.

O guru também estava com medo: não queria morrer.

Aquele homem, que tinha participado do programa da Oprah, aconselhado presidentes e encantado estádios lotados enquanto fazia transformações ao vivo de pessoas feridas — tão milagrosas que até ele acreditava nelas —, agora sentava-se encarando a banalidade do próprio fim.

E o que ele encontrou o perturbou.

Esse homem, com seus milhões em vendas de livros e seguidores no mundo todo e em sua própria comunidade espiritual, trezentos acres na bela paisagem do Nebraska, descobriu que não seria poupado da dor ou da indignidade enfrentada pelos mortais comuns. Ou o puro terror.

O guru gostava de propor remédios alternativos e terapias complementares de vários tipos. De fato, havia até criado uma marca com seu nome, com algumas coleções de amuletos curativos e braceletes cármicos ao longo dos anos. Mas, quando se tratava de sua própria saúde pessoal, descobriu que era um tipo clássico que prefere uma clínica privada na Suíça. Não podia perder tempo com aquelas besteiras.

Seus seguidores haviam engolido as explicações oferecidas pela equipe interna para justificar as muitas ausências recentes do guru. Ele estava em retiro. Estava entrando em uma incrível nova fase no desenvolvimento da Obra, e voltaria logo para compartilhar a luz de suas descobertas com todos. Estava em profunda preparação para um novo livro de exercícios espirituais, contemplando o acréscimo de um novo capítulo ao seu definitivo *Livro da Obra*, com consequências intensas e emocionantes para toda a humanidade.

Enquanto sua comunidade vibrava com o entusiasmo de novas descobertas em potencial, ele e sua equipe pessoal entravam e saíam de hospitais, clínicas e centros especializados na Europa e na América do Norte. Ele consultou oncologistas clínicos, médicos da realeza e professores não ortodoxos, e quando não ouvia o que queria, buscava segundas, terceiras e quartas opiniões. "Eles não sabiam quem ele era?", perguntava. As pessoas *precisavam* dele.

"Ah, nós sabemos", disseram os especialistas, fornecendo discretamente os detalhes de suas contas bancárias à sua equipe. Só que o carcinoma não sabe.

Na sua chegada ao Nebraska, o guru não pôde evitar a habitual procissão. Parecia que todo habitante da cidade — que ele mesmo havia projetado, de acordo com estritos princípios antroposóficos canalizados para ele por meio de uma visão que teve depois de um jejum no alto da montanha (bem, mais ou menos) — tinha vindo recebê-lo. Sempre o recebiam.

Ele conhecia os precedentes perigosos e embaraçosos. Mas não tinha nenhum Rolls Royce para conduzi-lo naqueles cem metros, nenhuma milícia armada, nenhuma indulgência conspícua. Em vez disso, andou pela rua principal em um humilde Hyundai. O carro era à prova de balas e de bombas, ao estilo do Papamóvel, e cerca de uma centena de seguranças se misturava com a multidão ao longo do percurso.

Namastê a todos, disse ele silenciosamente para a multidão que aplaudia e desmaiava. *Minha alma honra a sua alma.*

Depois disso, foi para o quarto e não foi visto por dias. Mandou as namoradas embora, viu apenas um punhado de conselheiros de confiança. Mas, até mesmo estes, ele podia sentir, estavam olhando já além, com uma mistura de medo, entusiasmo e ganância. Na sala ao lado, pairavam advogados e gestores de riqueza.

Ele até tentou se curar. As ironias! Para um homem que havia alcançado fama internacional como curandeiro destemido de todos os males, físicos, emocionais e espirituais, ficou alarmado ao descobrir o pouco que sabia sobre o corpo. Passou horas pesquisando sobre o câncer no Google.

Seu inimigo, leu, era um grupo de células anormais que podiam se dividir sem controle e até se espalhar para outras partes do corpo *se assim quisessem*. Ah, é claro! Ele as faria escolher o contrário. Meditaria, visualizaria e oraria para que elas desaparecessem. Ele as voltaria contra si mesmas até que conspirassem para que ficasse bem novamente. Na verdade, não apenas bem; ele as transformaria em células mutantes anticâncer, com o poder de imbuir seu organismo de saúde quântica perfeita! Para torná-lo o melhor que poderia ser!

Que legado, que lenda: o homem que dominou o câncer!

Fazia muito tempo que não se sentava, rezava e entoava cânticos intensamente. Estava cansado. Todos os dias, estava mais cansado do que no dia anterior. Podia sentir a energia que se espargia com o menor esforço, como farinha numa peneira, e, com ela, sua vontade de resistir.

Raiva contra a morte da luz? Abraçar o Grande Mestre de Nossa Impermanência? Subir para a unidade sagrada?

Ele descobriu que preferia ver televisão.

Na comunidade, os boatos sobre os silêncios e o desaparecimento do Mestre rodavam e cresciam.

— O Mestre está se comunicando com os ascendidos.

— Ele atingiu um nível de iluminação tal que é difícil retornar ao Corpo. O espírito liberto vive em um reino de pura alegria; retornar às limitações do físico é muito doloroso.

— Nosso amado descobriu o segredo do infinito. Agora ele procura apenas uma forma de compartilhá-lo conosco.

— Ele viaja mais longe do que qualquer outro antes dele. Devemos estar muito orgulhosos.

— Sim! Sei que é egoísta dizer isso, mas sinto falta das suas conversas.

— Sim! E do sorriso dele.

— As piadas!

— Sim! Seu senso de humor inglês seco e louco!

Ninguém acreditava seriamente que o Mestre pudesse morrer, mas temiam que seus estudos pudessem levá-lo a um lugar onde ele tivesse que deixar seu povo para trás.

Esse foi um pensamento preocupante, porque o Mestre era a Luz deles. Tinham deixado para trás seus velhos egos quando vieram para cá, de Darjeeling, Dijon e Darwin. Tinha sido como se tivessem jogado fora uma velha pele indesejada, e sem Ele não sabiam mais quem seriam.

Sabiam o que o Mestre significava para o mundo, para todos os homens e mulheres, presentes e futuros (e passados também, de algum modo). Mas como tinham aberto mão de muitas coisas por ele, por mais que fosse de bom grado, era difícil não se sentir um pouco proprietário.

— David — disse a mãe em um sonho. — Você deve tentar comer. Manter suas forças.

O fato de ter visões novamente era uma medida de como estava doente, pois — falo isso em um sussurro — ele não tinha visões havia décadas. Sua mãe estava na sala diante dele, que a via franzir a testa preocupada, ouviu aquela voz ríspida, sentiu a palma da mão macia com força na testa, sentiu o cheiro inevitável da lavanda.

— David — disse seu único amigo —, sua mãe está aqui.

Se pudesse, teria se sentado ereto. Não a via fazia sete anos, desde o último desentendimento.

O caminho que ele havia escolhido nunca agradara à mãe. Discreta, não conseguia ver além da agitação, das multidões, das aparições na TV, as coisas realmente importantes que ele vinha fazendo: ajudando pessoas a se reconectar umas com as outras — com suas almas, o que no final das contas era a mesma coisa — numa época em que o mundo ameaçava se destruir. O que o jornalista dissera? "Em uma época de divisão perigosa, Deva tinha transformado o amor fraterno em algo crível novamente. Ele só quer que as pessoas se olhem nos olhos de novo."

Certo, tinha sido um jornalista da própria revista deles, *Oneness*, mas mesmo assim foi bonito e colocado de maneira simples. Ele só queria ajudar as pessoas. Mas, aos olhos da mãe, ele havia cedido à tentação do *showbiz* e da histeria narcisista e se tornado o líder de um culto.

Sempre se lembrava das palavras dela depois da última discussão: "Você nunca deveria ter abandonado o clarinete!". Talvez ela tivesse razão. Ele poderia ter aceitado aquela bolsa de estudos. Teria sido um músico de câmara bastante decente.

O cansaço e a dor foram embora, e naquele momento viu a mãe, como se fosse a primeira vez. Era mais velha do que se lembrava. Os olhos estavam tristes e seu rosto demonstrava tensão. Ela estava se esforçando, ele sabia, para sorrir de maneira que, por enquanto, não expressava desaprovação.

— Jesus — disse ele em voz alta —, estou mais doente do que pensava.

Não há morte. A morte é apenas o retorno ao todo. Para a alegria do Um.

Quando eu "morrer", vou pedir aos meus amigos que me vistam com um simples roupão e prepararem um caixão de madeira aberto para mim. Que me levem para um espaço aberto e que aqueles que quiserem se juntar a nós cantem, dancem e aplaudam. Uma grande festa de "finalização"!

Então, quando chegar a hora, quando os últimos vislumbres estiverem se esgotando do meu invólucro mortal, deixe que peguem uma tocha e acendam o meu caixão. Que todos olhem nos meus olhos e me vejam sorrindo e cantando na cara desse terrível inimigo que chamamos de "morte"!

Deixe-os ver que a Morte é o começo, não o fim. Deixe que me vejam voar alegremente para dentro do Um!

Que eu queime devagar e de verdade! Que me vejam lamber as chamas que lambem o meu cadáver!

Indiferente, deixou o livro cair no chão, aberto, com a capa ainda visível: *Meditações sobre a mortalidade*, seu primeiro best-seller.

Um assistente, chegando com uma bandeja de comida, pegou o livro e rapidamente viu o que ele havia lido: o controverso e muito citado "Sermão do fogo"!

— Ah, Mestre! — disse o assistente, com lágrimas de tristeza e entusiasmo. — Ainda pensa isso para quando chegar a hora?

Deva se virou e encarou diretamente o homem. Ele era jovem, perspicaz e forte, um pequeno universo próprio de potencial específico único. O guru sentiu uma súbita dor por tudo o que esse outro homem poderia ter se tornado, se não tivesse sido sugado para sua órbita. Um clarinetista, talvez?

Havia tubos e máquinas fazendo sons. Era um esforço falar agora.

— Quando eu morrer — falou por fim o grande guru da imortalidade —, quero estar... *completamente chapado.*

— É melhor aproveitar o momento do colapso das paredes de separação, Mestre...

— O melhor é não sentir nada.

Eles o enterraram em uma colina com vista para o rancho. Padecera durante a noite, com dores terríveis, até que a morfina enfim o fez desmaiar.

A cerimônia de cremação aconteceu no dia seguinte. Ninguém tinha certeza do que mais Deva havia ingerido nos últimos dias; então, por motivos óbvios, a equipe estava ansiosa para se livrar rapidamente do corpo. O Projeto Legado — um plano secreto que estava em preparação havia vários meses pelo amigo mais antigo e alguns poucos conselheiros próximos — entrou em ação imediatamente.

Foi o amigo mais antigo que ficou no alto da colina e fez o discurso fúnebre. Para a maioria no mundo exterior, foi a primeira notícia sobre o falecimento do célebre líder espiritual. Atrás dele, a fumaça branca e cinza subia de uma ainda discreta pira nas sombras.

O amigo, aquele que o tinha conhecido como Dave, falou do incrível privilégio de ser testemunha da morte do Mestre. Todos os que haviam estado presentes sentiram que seriam transformados para sempre pela experiência, disse ele. E isso não era tudo; como poderia ser?

— Toda a comunidade estava vibrando com a tremenda energia vital.

Várias pessoas haviam relatado curas espontâneas muito próximas ao momento da morte do amado, às 03h47, horário local. Tinha até ocorrido um nascimento exatamente no mesmo momento.

— A partida de guru Deva é apenas mais uma de suas famosas piadas — as palavras de seu velho amigo antecederam aplausos e gritos.

— Ele ainda anda entre nós: conosco, em nós, além de nós, antes de nós e depois de nós!

Nesse momento, as câmeras se abriram e alguém entregou ao amigo mais antigo do guru um pequeno pacote embrulhado em um cobertor. Ele sorriu e mexeu no pequeno cobertor, e, depois, puxou uma beirada para trás para que o mundo pudesse ver o rosto de um bebê recém-nascido.

O amigo mais antigo levantou o cobertor ao céu, num gesto que as discussões nos chats logo comparariam com uma certa cena de *O rei leão*.

— Eis o nosso passado e o nosso futuro! Bendito seja o guru Deva!

Um bebê chorando. A bandeira comunitária ondulando na brisa. Um pouco de fumaça. Os aplausos ainda ressoavam quando a câmera se afastou e a tela foi ficando escura, até que não houvesse mais nada para ver além de uma URL para mais informações.

AQUI DENTRO

Você começa sendo melhor do que o esperado. Um pouco até demais para ser verdade.

Você está por acaso em um bar, onde ela conversa com uma amiga enfermeira de saúde mental sobre o trabalho, no qual cuida de pessoas com demência. Ela está habituada a que as pessoas sejam desdenhosas com os idosos, mas você conta a história das dificuldades que enfrentou com a própria avó, tomando o cuidado de reconhecer que não fez o suficiente. ("Mas parece que você não poderia ter feito mais nada", diz ela. "Você não deve se castigar. Os cuidadores sempre fazem isso! Já vi isso acontecer tantas vezes!")

Quando você diz que já ouviu falar em "terapia de validação", algo que a interessa muito, é como se o bar inteiro pudesse ouvir o som do ponto que você marcou naquele momento. De certo modo, tudo pareceu muito fácil. Ou é isso que se sente quando as coisas estão indo bem?

No primeiro encontro, você é compassivo, corajoso, sincero. Também é cativante e excêntrico.

Você pede que cada um liste seus três vegetais preferidos. Quando viram seus guardanapos, ambos listaram os mesmos três (embora em ordem ligeiramente diferente: você escreveu (1) abobrinhas, (2) cenouras, (3) brócolis; ela escreveu cenouras primeiro). Será uma história que você vai recontar muitas vezes.

Mais tarde, naquela primeira noite, você intervém para defender uma garçonete assediada quando um grupo de caras alcoolizados, vestindo uniformes de futebol, começa a exagerar um pouco. São quatro contra você. São homens, conhecem a violência e seus presságios. Mas há uma perspicácia em seu tom de voz que eles escutam e ela não, então deixam vocês em paz.

Para ela, fica evidente um tipo de cavalheirismo que raramente é visto hoje em dia. E revendo essa cena pelos olhos dela, até você sente um toque de admiração por si mesmo.

Você não economiza nos presentes.
Ela menciona um escritor de que gosta, e você sai e compra todas as obras dele. (Na verdade, ela só gostava daquele livro específico, e não do autor. Os livros são colocados de novo à venda na Amazon, agora um pouco usados, você observa.)

Ela adora assistir àquele programa, *Choir*, e você passa horas infrutíferas mandando e-mails e ligando para a produção para ver se Gareth pode vir e improvisar uma canção na ala dos pacientes com demência. Não dá certo. Você continua tentando, mas, quanto mais insiste, menos eles se importam.

Você aprende a amar cinema de arte. Mais presentes.
Muito do seu relacionamento inicial gira em torno de um cinema de arte local que ela ama. Também há um café fora do comum, em que acontecem palestras para membros com diretores de vanguarda e uma daquelas exibições matinais regulares para mães, nas quais as mulheres podem amamentar enquanto assistem a filmes deprimentes com títulos como *Baise-moi* e *120 dias de Sodoma*.

Você se depara com uma pintura do cinema feita por um artista local e compra por algumas centenas de libras — uma declaração e tanto para o quinto encontro. Ela fica chocada com a sua ousadia. O destino sorriu.

De repente, você sabe tudo sobre Buñuel, Truffaut e Kurosawa, sendo que seu filme preferido é *O senhor dos anéis: o retorno do rei*. (Ela nunca deve saber sobre seu passado de RPG.) E você não consegue evitar um pequeno momento de triunfo quando fala para uma das amigas dela que Renoir é um cineasta, não *um pintor*!

Na cama, você se esforça muito para agradá-la.
Você é enérgico, engenhoso, imaginativo. Mais tarde, muito mais tarde, você se pergunta se a pressiona muito para ter sempre a experiência perfeita. Foi sugerido que talvez seus esforços experimentais fossem exagerados, como se tivesse uma lista a cumprir. E que talvez deveria ter prestado mais atenção quando ela disse que só queria um carinho.

Mesmo no trabalho, você está lá para ajudar.
Ela lhe manda uma mensagem dizendo que o rosto começou a coçar de repente. Você sai imediatamente do seu escritório e vai até ela.

Quando seu chefe (um homem) pergunta no dia seguinte por que desligou uma ligação de um cliente sem explicação, você limpa a garganta, olha-o diretamente nos olhos e pronuncia uma única palavra: "dismenorreia". Não se fala mais sobre o assunto. Ela o ama por isso.

Você corre para outro cômodo sempre que sente vontade de peidar.
Uma vez, você até fez cocô em uma folha de jornal na cozinha, no andar de baixo, porque o banheiro fica bem perto do quarto e não queria que ela tivesse que ouvir ou cheirar essas coisas. As coisas corporais o envergonham. Você não gosta de ver evidências da depilação dela, e ela logo aprendeu a nunca deixar os absorventes por aí.

Você tenta se relacionar com os amigos dela, realmente tenta.
Quando você vai conhecer a melhor amiga dela, fica muito bêbado — na verdade, você já chegou muito bêbado — e se vê gritando: "QUERO QUE VOCÊ GOSTE MUITO DE MIM!". A melhor amiga entende que sua intenção é ser engraçado — é uma espécie de piada de marcação de território —, mas não parece rir tanto assim.

(Um pouco como quando, mais tarde naquela noite, você se deita no meio da rua, por motivos que não são claros nem para você.)

Na rua, você vê algo inesperado.
Você a vê no centro da cidade, em um dia em que não planejavam se encontrar, com alguém que não conhece. Sente coisas que não são simples de processar. Poderia deixar para lá ou ir se apresentar de maneira opressora, o que significaria um aviso para os dois.

Mas depois que você é visto tentando tirar uma foto deles com seu telefone, só resta a última opção.

Você não é totalmente cego.
Você começa a sentir certas coisas. Percebe que ela se retrai um pouco quando você levanta a voz, por exemplo. Ela nunca mais tomou a iniciativa no sexo.

Pensando bem, ela nunca mais tomou nenhuma iniciativa. É como se estivesse apenas esperando você dizer o que vai acontecer em seguida o tempo todo. Isso o enfurece e, inevitavelmente, o obriga a levantar a voz mais uma vez.

Ela mudou, então você mudou também.
De alguma maneira, com o tempo, você conseguiu transformar encanto em sarcasmo, admiração em inveja, proteção em paranoia.

Você tem que ganhar cada discussão, tem que ter a última palavra, tem que *saber*. É um amigo do antigo trabalho, diz ela. Ela já deve tê-lo mencionado: *Pete*. Não seja bobo, diz ela quando vê sua expressão, ele nem é heterossexual.

Ela, porém, não o mencionou. E, além disso, poderia tornar qualquer um heterossexual. Basta olhar para ela.

Você faz uma escolha.
Você a confronta. Ela chora e diz: "Só existe você." Você gosta das lágrimas, mas se pergunta se são suficientes. Vê-se com uma escolha: aceitar amorosamente as palavras dela ou arremessar uma lata fechada de tomates nas janelas francesas de vidro duplo.

É vidro temperado, e você só quebra uma vidraça. Isso, você diz, mostra como tudo é uma bobagem. Mas ela já está segurando o telefone, soluçando e discando. É melhor não falar com ninguém até nos acalmarmos, você diz, segurando-a.

Quando se ama alguém, você o deixa livre.
Dá para ver que ela não está cem por cento feliz. Você também não está, por falar nisso. Então, faz sentido se mudar por um tempo — melhor assim, para que os outros não interpretem mal as coisas. Você não queria fazer escândalo, afinal, com ela chorando e o pai e o irmão irritados, tentando derrubar a porta sem nenhum motivo.

Mas você estará sempre com ela, ela sabe disso. É o que ela quer.

Você gosta de ficar sentado no carro na porta da casa dela.
Apenas ficar sentado ali fumando, talvez tomar uma cerveja e ouvir uma música. De vez em quando, você a vê espiando por trás de uma cortina. Embora ela precise de espaço, você sabe que se sente reconfortada com a sua presença ali.

Quando estiver pronta para conversar, você estará lá. As coisas só precisam voltar ao que eram, para onde deveriam estar.

Porém, com os vizinhos o assunto é diferente. E não é tão fácil quando uma dessas putas chama a polícia. "Como posso 'assediar alguém em sua própria casa' quando nem sequer estou dentro da casa?", é o que você pergunta. "De qualquer forma, é minha casa também."

Bem, costumava ser.

Você aprende a entrar e sair do porta-malas de um carro.
Assim, pode estar com ela em seus encontros com esse novo cara, Dave. Eles nunca sabem que você está lá, até as cãibras musculares o fazerem gritar de agonia. Mas é o que se faz por amor, não é? Isso, uma pena de seis meses e uma multa por infração grave.

Você reflete, você amadurece, espera.
Há muito tempo aqui dentro para pensar nas coisas. Agora você sabe que houve momentos em que exagerou. Quando não entendeu o ponto de vista dela. Quando se apressou em julgar ou em sentir ciúmes.

Há coisas que você fará diferente da próxima vez, maneiras de amá-la melhor.

Há uma mulher aqui dentro que o está ajudando a falar sobre seus sentimentos. Ver a dor sob outro ângulo, é a expressão que ela usa. Isso ajuda. Agora você é capaz de entender como as coisas saíram do controle. E será uma pessoa melhor para ela quando terminar.

Porque o que nunca pode mudar é o que você e ela significam um para o outro. Você sabe que houve problemas, que cometeu erros. Mas está morrendo aqui, e não seria pedir muito que ela falasse, apenas uma vez, que precisa de você tanto quanto você precisa dela.

Caso contrário, qual é seu propósito de vida?

MINDFULNESS

Cena: um almoço, em algum lugar do sudoeste de Londres. Ao final da refeição, a maioria dos convidados se espalhou pelo espaçoso jardim do anfitrião, deixando Rog e sua irmã Annabelle conversando na cozinha. Sons de riso adulto e conversa performativa entram de fora. Rog veio sozinho, enquanto Annabelle está com seus dois filhos: Harry, de seis anos, e Polly, de quatro. Uma música não muito reconhecível, mas terrivelmente na moda, toca ao fundo. Possivelmente, algo no estilo lounge.

— Então, ele estava dizendo que passamos muito tempo direcionando nossas energias *para fora*. Sabe?

— Espere aí, Rog, desculpe. *Harry e Polly, saiam e vão brincar um pouco no jardim, está bem? Eles colocaram alguns brinquedos para vocês no gramado.*

— ...mas quanto da nossa intencionalidade alguma vez é apontada para *dentro*?

— *Harry, lá fora agora! E pare de mexer nos controles da máquina de lavar roupa.* Desculpe, Rog.

— Sabe, mana, quanta energia realmente dedicamos para entender a nós mesmos?

— Exato. Conte mais sobre isso!

— O interior das nossas mentes, analisar as nossas *almas*.

— Palmas? De quem? Das outras pessoas do retiro? *HARRY*!

— Não, não. Nossas *almas*.

— Desculpe, Rog, eu me distraí um pouco. Harry está brincando com o gato e parece querer enfiar a varinha de Harry Potter no...

— E, quando o Mestre disse isso, de repente entendi. É *exatamente* o que tenho feito: você sabe, apenas indo de um lado para outro na vida, sendo jogado de uma coisa para outra.

— Ah, sim, totalmente. Como uma... bola.

— Exatamente! Apenas reagindo às forças externas. Um pouco como aquele gato.

— Ah, Deus! *Harry e Polly, por favor, deixem esse gato em paz! Acho que ele não quer usar meus óculos de sol.*

— Só estou sendo levado pelo vento, passando de um amor tempestuoso para o próximo, fazendo qualquer show que meu agente organiza, sem nunca me perguntar: o que isso de fato *significa*...?

— *Também não quero usá-los agora, Harry, obrigada! Não agora que você os colocou no lixo. Por que você não brinca lá fora?* Desculpe, Rog. Não sei se foi uma boa ideia ter trazido as crianças para essa coisa. A propósito, gosto dos seus óculos escuros.

— Ah, obrigado, mana! Foram um presente da Luciana, antes de nos separarmos. Algum tipo de edição limitada, apenas para os Estados Unidos, ou algo assim, acho. Sabe, ela trabalha com alta-costura, então, tem acesso a todas essas coisas.

— Muito legal. *Polly, querida, quer vir no colo da mamãe? Assim o Harry não vai poder continuar fazendo aquelas orelhas de coelhinho irritantes em você, não é?*

— Oi, Polly! Ah, mana. Basta olhar para a sua filhinha. Ela é tão *aqui e agora.*

— Você pode dizer isso de novo.

— Então, onde eu estava?

— Você estava pensando de repente... Sabe... como, hum... como isso tudo se assenta?

— Exatamente isso. Quantas vezes me pergunto: "O que estou prestes a fazer, ou com *quem*". Porque, acredite em mim, encontrei algumas pessoas muito bonitas, modelos, atrizes, o que quer que seja. Como isso se assenta no pano de fundo da eternidade? Você sabe? Como isso vai... *se assentar*?

— *Como* você *vai se sentar, Polly? Basta escolher uma posição e ficar nela. Meus joelhos não aguentam toda essa agitação.*

— E essa perspectiva, esse discernimento do Mestre... Esse foi apenas um entre tantos! Todo tempo era provocado por essas pequenas explosões, esse tipo de lâmpadas espirituais que não paravam de piscar na minha mente, iluminando áreas inteiras da consciência nas quais eu nunca havia pensado antes.

— Uau, Rog. Quero dizer, sim! *Bem, o gato saiu para o jardim agora, Harry, e não posso culpá-lo.*

— Quando você tem que apenas se sentar e observar o silêncio em quietude, mana, o espaço em si *deixa de existir* de alguma forma. E o tempo também, num sentido muito real, sabe? Sua mente, seu espírito pode voar livre do corpo. E de repente você encontra essa extraordinária personagem chamada... *você*! Você deveria tentar algum dia!

— *Não. Harry, não! Tire sua cabeça da casinha do gato AGORA! Brinque com outra coisa. Por favor. Há uma enorme caixa de Lego lá fora para você...* Desculpe, Rog. Então, quanto tempo teve que ficar sentado em um lugar?

— Basicamente, você medita do amanhecer ao anoitecer, com apenas algumas pausas para comer, alongamentos e outras coisas. É uma agonia nas costas. Mas como diz o Mestre: "Abrace sua dor...".

— Uau, então, o que descobriu sobre si mesmo? *Harry, brinque com o Lego que está aí. Sinto muito se não há mais rodas jumbo, vai ter que usar sua imaginação e construir o que puder.*

— Percebi que sou como o Harry.

— Você continua cagando dentro das piscinas?

— Não, não!

— Continua sendo alguém cuja piada favorita ainda é aquela rima: *tá com frio bate a bunda no rio...*

— Hã?

— *Tá com calor bate a bunda no tambor.* Repetida *ad nauseam*. Desde as 5h15.

— Ah! Essa foi boa, Harry! Não, sou como o Harry porque tenho uma linda caixa grande de Lego na minha frente, metaforicamente falando, cheia de todo tipo de coisas coloridas e úteis. Mas tudo o que consigo pensar é: "Por que não há mais rodas jumbo?" Entende? Sempre queremos... Correção, *eu* — deixe-me assumir a responsabilidade pelo meu pensamento, não posso me esquivar dele colocando a responsabilidade nas outras pessoas (essa é outra coisa que aprendi, por sinal) — *eu* percebi que *eu* sempre quero o que *eu* não tenho.

— Ah, certo. Bem, sim. Uma noite de sono, no meu caso.

— Considerando que a felicidade ou a prosperidade ou o que quer que seja...

— *Polly, por favor, pare de colocar o seu bichinho na minha cara! Sei que ele quer dizer olá, e eu também quero. Mas com todo o barulho que ele faz, é muito difícil ouvir a história do tio Rog.*

— Felicidade, mana... é apenas... *querer o que você já tem.*

— *Polly, você está fazendo a dança do cocô? Vamos ver se conseguimos encontrar o banheiro*? Desculpe, Rog, realmente não estou mais acostumada com essas conversas de adultos.

— Não se preocupe, mana. Vá fazer o que precisa.

— Parece fascinante, de qualquer modo. Por quanto tempo você ficou lá?

— Bem, tudo isso dura catorze dias. É conhecida como a Quinzena do Silêncio Gracioso. Você fica nessa casa velha e enorme com o Mestre no meio do campo em algum lugar de Dorset.

— É uma coisa budista? *Harry, levante seu short! Ninguém quer ver isso.*

— Um pouco. O Mestre diz que é uma espécie de mistura de tradições. Isso é outra coisa que aprendi: como todos temos essa necessidade de colocar rótulos nas coisas.

— Certo, certo.

— Você entende? Sou budista? Republicano? Vegano? Você é contra o Brexit, um neonazista, um sufragista ou o que for? Esses rótulos realmente limitam quem podemos ser.

— "Mamãe que bebe" parece servir perfeitamente para mim no momento.

— Humm.

— Você está bem, Rog? Parecia estar a quilômetros de distância agora.

— *Silêncio*. O som. Desconcertante, não é? Apenas deixar o vazio fluir para o espaço à nossa volta sem nos rendermos ao nosso terrível desejo de enchê-lo com tagarelice.

— *Polly, tem certeza de que não precisa fazer cocô?*

— É isso mesmo. Cocô, basicamente. Enchemos nossa mente de brincadeiras e trivialidades para bloquear as coisas que sentimos. Sabe, nossos medos e desejos mais íntimos.

— Sinceramente, acho que não tenho a energia para um medo ou desejo mais íntimo há alguns anos. *Polly, se você não quer ir ao banheiro, então tire as mãos da calcinha, querida. Seja uma boa garota.*

— Sim, nem sempre é fácil ouvir o que o ego tem a dizer... *para o ego*. E é claro que no retiro você não tem acesso a telefones. Sem TV ou música. Nada de bares ou bebidas.

— Uau, sozinho por catorze dias! Soa como felicidade. *Harry, deixe a Polly em paz! Ela é muito pequena para você correr assim com ela.*

— Bem, na verdade, foi difícil, mana. É para ser silêncio total, lembre-se. Não se deve nem falar com quem está meditando com você. E isso foi difícil porque alguns deles obviamente me reconheceram.

— Daquele reality que você fez na televisão? Claro que não. *Polly, levante-se, querida. Harry, já chega! Olhe para ela: está com medo*! Desculpe, Rog... Então você tem que ficar o tempo todo desconectado? Sem Instagram, sem Netflix, sem internet...

— É como uma desintoxicação digital completa. Você fica meio... fora da conexão.

— E você aguentou por catorze dias? Sem o seu celular?

— Bem, mais ou menos. Tenho alguns patrocínios sendo negociados, então tive que manter um canal aberto para o meu agente... Mas, de maneira geral, sim: "Bebi profundamente da nobre taça da serena solidão", como o Mestre gosta de dizer.

— *Polly. Pegue esses pedaços de manga! Ah, Deus, você está imunda. Lenços! Onde estão meus lenços umedecidos?* Então, por quanto tempo *você* realmente ficou em silêncio, Rog?

— Ah, olha para eles.

— *Ah, Deus, o que estão fazendo agora*?

— Nada! Calma, mana! Quis dizer, *olha para eles*: crianças.

— Fale mais sobre isso.

— Tão inocentes! Tão puros! Tão... *do momento*!

— *Harry! Devolva a boneca da Polly! Não se atreva a zombar dela. Estou falando sério, Harry. Harry! Certo. HARRY, VENHA AQUI AGORA MESMO!*

— Exatamente! *Aqui e agora mesmo*. As crianças são tão atentas! Elas não têm noção do passado ou do futuro, estão apenas cem por cento focadas em saborear a dádiva do momento presente.

— *Ele vai saborear a dádiva de não ter TV ou iPad em um minuto, se não descer do parapeito dessa janela NESTE EXATO MOMENTO.*

— Exatamente. *Neste* exato momento. Não aquele momento ou qualquer outro momento. *Este* aqui! Ei — *adoro* conversar com você, mana! Você é tão intuitiva. Tão centrada. Tão *pé no chão.*

— Obrigada! Na maioria das vezes me sinto sufocada, mas obrigada. E parabéns para você! Catorze dias de silêncio, isso é realmente incrível.

— Bem, não foram os catorze completos. Mas aprendo rápido. Quero dizer, completei o *Curso de Milagres* em uma semana — algumas pessoas levam décadas para terminar isso! E, como eu disse, eu tinha alguns compromissos.

— *Largue isso, Polly! Isso não é um brinquedo, é um...* espremedor de limão chique. Então... quanto do retiro você realmente fez no final, Rog?

— Bem, se trata mais de qualidade do que quantidade, sabe?

— Certo.

— E descobri que se pode sentir a experiência em algumas tardes.

— Ah...

— Além disso, a roupa de cama era muito áspera. E você sabe, com minha agenda frenética...

— É, eu sei. Você realmente é muito ocupado. *Harry e Polly — vamos lá, pessoal, precisamos colocar nossos casacos e nos preparar para ir embora — amanhã* é dia de *escola. E isso significa lição de casa e preparar os lanches. E ainda não fizemos as fantasias para o Dia Mundial do Livro, não é mesmo?*

— Sim. É difícil ficar atento quando a sua cabeça está cheia de coisas. Você vai ver o que quero dizer quando voltar a trabalhar, mana.

QUASE ACIDENTE

O minigolfe tinha dinossauros como tema e ficava numa movimentada avenida de mão dupla. Eles passavam na frente dele com frequência a caminho de casa, e sempre diziam que um dia iriam lá.

As crianças estavam brigando no banco de trás enquanto Paula estacionava.

— *Pare de olhar para mim*! — gritou o garoto de três anos.

— *Não estou olhando* — disse a garota de cinco anos. O garoto começou a chorar.

Greg se virou e brigou com a filha.

— Você sempre me culpa! *Não é justo*! — gritou ela, e começou a chorar.

Paula manobrou o carro para parar e, depois, virou-se para ele, incrédula.

— Você não ouviu o que acabei de falar?

— O quê?

— Eu disse que não vejo nenhum futuro.

— Sinto muito que você se sinta assim.

— Eu disse isso, e *você nem respondeu.*

— ...

— *Como acha que isso me faz sentir?* — Outro grito foi ouvido do banco de trás.

— Vamos sair — disse ele de repente.

Eles fizeram fila para pegar seus tacos de golfe. O garoto queria um taco tamanho adulto, que era quase maior do que ele.

Um *T-Rex* rugiu como um aviso. Só havia famílias como a deles: dois pais, dois ou três filhos pequenos, às vezes um avô, um tio engraçado ou uma tia legal.

A cada buraco esperavam em fila, enquanto a família na frente resolvia brigas e recuperava bolas laranja dos canteiros de flores. Depois, eles faziam a mesma coisa.

Mais uma vez, a garota de cinco anos jogou sua bola no fosso esverdeado em volta do animado pterodáctilo. Atrás deles, dois meninos lutavam perigosamente com seus tacos. O barulho do trânsito era ensurdecedor.

— Feliz aniversário! — disse Greg, para ninguém.

Estava quase na hora de ir embora. Nenhum dos dois tinha falado nada além de frases funcionais desde que chegaram ao local. "Você tem uma libra para o parquímetro?", "Passe os lenços", "Cuidado com o dedo dele na porta!"

Greg pensou, como muitas vezes ocorria nas situações em que não conseguia lembrar *por que* estava zangado com a esposa. Ele havia adotado *uma atitude* de raiva, talvez, como uma defesa preventiva contra o sentimento de indignação mais substancial que estava crescendo nela, e que ela seria capaz de articular de maneira eficaz.

Ele alimentou as próprias mágoas, pronto para exibi-las quando chegasse o momento. Mas havia coisas mesquinhas, meio esquecidas – como o jeito paternalista com que ela dissera para não perder tempo fazendo as compras on-line, pois tinha que entrar no site depois e desfazer todas as escolhas dele ("*sete tipos de batatas fritas?!*"). Ou quando ela não reparou que ele tinha arrumado as gavetas das meias das crianças. Ou quando não agradeceu por ele ter enchido o tanque de água do carro.

Ele, porém, guardou seus argumentos porque (a) queria acabar com tudo aquilo e (b) suspeitava de que ela tivesse um estoque próprio de queixas muito mais fortes e mortais sobre ele. Só de pensar naquele arsenal subterrâneo de ressentimentos justos o deixava muito assustado.

Então, era ele quem iniciaria o processo de verdade e reconciliação, e ela daria visto em cada uma das etapas necessárias de confissão e remorso. Havia — mas eram raros — casos em que ele poderia ter mantido uma vantagem moral, mas, na prática, isso quase nunca acontecia. Quaisquer que fossem os meandros de alguma disputa específica, ele acreditava, de maneira secreta, na superioridade moral e emocional da esposa. Em última análise, só uma coisa importava: será que ela planejava deixá-lo? Se ainda não, qualquer penitência ou pedido de desculpas era um pequeno preço a pagar.

Em suma, era um processo familiar, e ele estava ansioso para começar logo aquilo em vez de ficar enrolando. Afinal, era domingo à noite, e chegar à hora do jantar sem resolução não indicava nada de bom para qualquer *détente conjugale* posterior. Caso contrário, eles iriam apenas assistir a *Modus* ou *Borgen* ou *The Bridge* ou qualquer seriado policial nórdico.

— Desculpe.

— Por quê?

— Não quis ignorar o que você estava dizendo. Estou apenas exausto.

— Você está sempre exausto. Essa é sua desculpa para tudo.

— Bem, mas estou.

— E daí?

— Eu sei. E você também está. Eu sei. Mais do que eu, sem dúvida. Mas me importo com o que está acontecendo com você, como está indo o trabalho e tudo o mais. Você sabe que me importo.

Ele sentiu o celular vibrar. Queria dizer que ia ignorá-lo de propósito, mas não tinha certeza se isso a impressionaria.

— Só sinto que o trabalho toma toda a sua atenção... — disse ela. — E nós ficamos com as sobras.

— Poxa, isso não é justo.

O telefone vibrou novamente.

— Ontem, quando você foi ligar para sua mãe, discou 9 para uma linha externa!

— Bem, é apenas força do hábito.

— Exatamente. E você odeia seu trabalho, fala isso o tempo todo.

— Só acho as crianças difíceis agora. Você é muito melhor com elas do que eu.

Essa frase foi um ardil, uma tentativa de avaliar o progresso da reconciliação. No caso, seu otimismo se mostrou prematuro. (Ele deveria ter se lembrado do ódio que a esposa tinha por pais de classe média dizendo como era difícil cuidar de filhos pequenos, enquanto as esposas continuavam mantendo tudo em ordem, como sempre haviam feito.)

— Você só os vê quando eles estão mais indóceis porque não chega a tempo de *estar* com as crianças.

Parecia uma pergunta, mas ele não tinha resposta.

A conversa continuou, até que ela o convidou a considerar o destino do sr. Leslie do número 54, que, na verdade, não morava mais no número 54, mas no trailer estacionado em *frente ao* número 54, porque a esposa tinha ficado cansada de tantos desapontamentos.

— Mas ele é alcoólatra e viciado em jogo!

— Eu o vi dando cartões de raspadinha para as crianças ontem.

Aquela era a abertura que ele tanto desejava, e grandes raios de sol de inverno começaram a brilhar através dela.

— Enchi o tanque de água do carro esta manhã. *E* construí aquele banco de jardim.

— Só porque os ratos tinham começado a viver na caixa em que ficavam as peças dele! Foi um presente para o meu quadragésimo aniversário, há três anos!

— Não me diga que você tem quarenta anos. — Ele ensaiou um cavalheirismo atrevido. — Nem parece, porque você é maravilhosa!

Assim, foram alimentando as fases do processo de paz doméstica. Paula detalhou as especificidades de suas reclamações, e Greg reconheceu-as *e* pediu que várias ofensas adicionais fossem levadas em consideração. Ela sorriu finalmente, e ele, por sua vez, garantiu que a frase "não vejo nenhum futuro" tinha sido menos uma declaração existencial de desespero conjugal da sua parte, e mais uma expressão catastrófica nascida de sua profunda frustração com os erros de fim de semana. Erros que, como ele já havia declarado e estava feliz em reiterar para que ficasse registrado, reconheceu plenamente e se comprometeu de bom grado a melhorar nos próximos dias. Mas, num movimento retórico que estava experimentando pela primeira vez, pediu que não fosse julgado por meras palavras, mas por suas ações futuras.

De algum modo eles tinham acabado abraçados.

Millie, a garota de cinco anos, pulou do trepa-trepa.

— Olhem! — gritou ela para todo o parque. — Tirem uma foto da mamãe e do papai se abraçando!

Stan, o garoto de três anos, levantou os olhos do carrossel que estava empurrando — por que eles nunca querem realmente *andar* na coisa? — e riu. Outros pais também olharam.

— É tão incomum você ser carinhoso comigo que a Millie quer capturar o momento — disse Paula. — E todo mundo está pensando que deve ser uma rara pausa da violência.

— *Pera, uva, maçã ou salada mista?!* — Millie zombou.

— Somos sortudos — disse ela. — Temos as crianças. Temos um ao outro. Temos saúde. Temos uma bela casa. Trabalhos decentes. Somos ricos em coisas que importam.

Ao lado dos balanços, uma mulher em cadeira de rodas sentava-se tensa e silenciosa enquanto o filho pequeno implorava que o empurrasse mais alto e mais rápido.

— Sei disso. Eu sei.

— Bem, você tem uma forma engraçada de demonstrar.

Na avenida, do outro lado do cruzamento movimentado, ele notou uma cena sinistra. Um carro havia parado abruptamente na frente de outro no meio da rua, com as luzes de alerta piscando loucamente. O homem do primeiro carro estava dando a volta e tirando fotos com o celular, balançando a cabeça, apontando e falando alto com o motorista. Naquele carro estava sentado outro homem mais velho, inerte e de aparência culpada, com os braços travados no volante. O resto do trânsito os contornava de maneira respeitosa.

Greg tremeu de alívio silencioso ao, ele próprio, escapar de um acidente.

LISTA ATÉ O PORTO

SÁBADO
Aspirina
Tabletes de vitamina B (os efervescentes)
Café
Red Bull
Doritos
Ovos
Salsichas (grossas)
Jornal *The Mirror*/revista *FourFourTwo*

TERÇA-FEIRA
Balas de hortelã
Enxaguante bucal
Cuecas novas
Bananas
Preservativos
Jornal *The Guardian*/revista *Economist*/*Vanity Fair*/*TLS*
Sacar dinheiro (bastante)
Preservativos

SEXTA-FEIRA
Preservativos
3 garrafas de vinho tinto (mín. £12 cada)
Pacote grande de espaguete
2 cebolas médias
Azeite de oliva
3 dentes de alho (quantos dentes tem em uma cabeça?)
500g de carne moída magra
90g de champinhons
400g de tomate picado em lata
Caldo de carne quente (ou frio para esquentar depois?)
Molho inglês
Pimenta-do-reino moída
Sal marinho
Extrato de tomate
Parmesão fresco ralado (para servir)
1 colher de chá de orégano

Colheres de chá!
Pratos decentes
Facas
Garfos

Narcisos
Jarro para flores
Taças de vinho

~~CDs? (atemporais mas sem ser brega — Motown?)~~
~~CD player~~
~~Caixas de som~~

Assinar o Spotify (sem anúncios)
Consertar o laptop

1 kg de *pot-pourri* (aquela mistura à base de ervas)
Sacos de lixo
Panos de prato, lenços, guardanapos
Limpar e passar aspirador
Papel-toalha
Edredom bonito/fronhas/lençóis
Água sanitária (x4)
Sabonete líquido
Desinfetante, todos os tipos
Tapetes para o banheiro? Cortinas?

Gim (NÃO os baratos, de supermercado)
Água tônica
Sorvete gourmet
Baileys
Croissants
Café
Geleia de morango
Mirtilos, framboesas etc.
Leite

Preservativos
Algemas de pelúcia??

Massa para rejunte

QUARTA-FEIRA
Papel de carta bonito ou folha de qualidade para escrever
Perfume (caro)
Creme de mãos? (chique)
Brincos ou bracelete bonito? (ambos?)
Caixa e plástico-bolha
Correios — enviar expresso? Com aviso de recebimento?
Enviar flores

QUINTA-FEIRA
Ligar para a operadora de celular — verificar se o telefone funciona

SEXTA-FEIRA
Ligar para a operadora de celular
Comprar a *Cosmopolitan/Marie Claire* etc.
Biblioteca — pegar emprestado aquele livro *Marte & Vênus*

SÁBADO
Ligar para a operadora de celular
Ligar para a mamãe

DOMINGO
Cerveja lager (x12)
Caixa de vinho (tinto) (ou branco)
Lenços
Cheetos (pacote grande)
Achocolatado
Barra grande de chocolate
Salame
Batata frita
Coisas com chocolate
Macarrão instantâneo
Café!!
Band-aid
Creme antibacteriano
Donuts
Garrafa de Porto (do supermercado)

ATA DA ASSEMBLEIA DA DIRETORIA T4/18

Data: 11 de novembro de 2018
Local do evento: Câmara de Comércio
Hora da assembleia: 14h — 15h05

Diretores presentes:
Kieran Detton (KD), Grupo MD, Emea
Rob Starky (RS), diretor financeiro da divisão
Morwenna Orson (MO), diretora executiva de divisão em exercício
Jon Whitehouse (JW), diretor de vendas do grupo
Toby Ushant (TU), chefe de TI e dados
Gabby Hinsen (GH), diretora-chefe de RH
Corinne Rudd (CR), secretária e vice-diretora.

Ausências: *Tom Wiseman (TW), CEO Global*

1. Aprovação da ata da assembleia anterior da diretoria de divisão, T3/18
Presidindo o encontro na qualidade de diretor de divisão em exercício, MO encaminhou à diretoria as atas da assembleia realizada no dia 15 de setembro de 2018. As referidas atas foram aprovadas. KD solicitou que a ata e o balanço da diretoria fossem distribuídos com mais antecedência no futuro. MO se desculpou pelo atraso, justificando que tinha estado doente.

As ações da última assembleia foram discutidas: todas haviam sido concluídas de maneira satisfatória, com exceção da apresentação da nova estratégia de desenvolvimento de negócios da divisão. JW pediu que essa ação fosse adiada para o trimestre seguinte, quando ele teria finalizado a nova estrutura orçamentária para a Emea, e uma projeção mais realista das metas em comparação com os custos poderia ser formulada. KD comentou que isso parecia uma desculpa muito melhor do que "problemas femininos" ou qualquer que tenha sido o motivo de MO, e a diretoria aprovou o pedido de JW.

2. Palavras de boas-vindas

KD notou que TU e MO haviam se abraçado calorosamente no início da assembleia, e ele queria saber por que não recebeu um abraço de MO também. TU respondeu que ele e MO eram velhos amigos. KD retrucou que o preocupava saber se esse era um estilo apropriado de saudação no local de trabalho na era pós-weinsteiniana, especialmente se ele não pudesse participar. Piscando na direção de GH e CR, acrescentou que sabia que nunca iria conseguir um abraço de nenhum deles, então, nem pedia.

JW disse que gostaria de aproveitar a oportunidade para agradecer a KD por suas palavras. Com toda essa conversa de #metoo, suspeitas de assédio no ar e acusações contra artistas, era difícil para os homens saber como agir hoje em dia, disse ele. RS concordou. Os homens simplesmente não sabiam mais o que poderiam fazer, acrescentou. GH lembrou a RS que ele havia se casado recentemente; RS respondeu que estava brincando.

MO sugeriu, com a concordância de GH, que uma boa regra geral era ponderar se certa ação era um abuso de posição, e/ou se deixaria a outra pessoa se sentindo constrangida, humilhada ou usada. JW lhe perguntou se ela já havia comparecido ao Prêmio Anual de Vendas da Divisão. GH disse que havia comparecido uma vez, e que a noite ficaria gravada em sua memória para sempre.

KD disse que as mulheres tinham o direito de ser tratadas com respeito, até mesmo as feias. Acrescentou que aquilo foi uma piada, e que não deveria entrar na ata. GH disse que esse tipo de comentário era justamente o problema; os homens faziam belos discursos sobre o tema, mas suas atitudes no fundo permaneciam inalteradas. RS disse que, *au contraire*, as palavras do GH eram justamente o problema. GH pediu que ele elaborasse melhor o que queria dizer. RS disse que estava claro que, se as mulheres tivessem senso de humor, não estariam todos em tal confusão. Nesse ponto houve uma breve pausa para que RS, KD e JW pudessem rir.

KD comentou, com seriedade, que, apesar das piadas, era importante notar que a maioria dos homens estava interessada em fazer a coisa certa, mas muitos estavam confusos sobre se ainda poderiam fazer alguma proposta caso uma mulher parecesse interessada. Mas MO observou que era extraordinário como, mesmo hoje em dia, depois de tudo o que havia sido revelado, os homens ainda encontravam uma forma de fazer com que o #metoo dissesse respeito a eles.

Parecendo ignorar isso (e olhando para os seios de MO o tempo todo), KD disse que estava certo de que todos os presentes concordariam com ele quanto ao fato de as coisas terem avançado de modo significativo. Afinal, não tinha ocorrido nenhuma acusação de homens desrespeitando mulheres em sua divisão, e ele estava orgulhoso de presidir um local de trabalho sem assédio. Nesse ponto, houve outra pausa para que MO, CR e GH pudessem rir de escárnio.

RS perguntou o que aquilo significava, e MO e GH perguntaram se algum dos homens presentes conhecia [nome editado] do terceiro andar. KD declarou que era um cara legal, enquanto JW disse que ninguém consegue beber mais do que "Fat Bob". GH perguntou se a diretoria conhecia algum de seus outros apelidos. Quando os diretores homens negaram com a cabeça, GH disse que eles incluíam "Meloso", "Homem-Aranha" e "Peste Sexual".

KD observou que, tirando os incidentes isolados, as coisas avançaram de maneira muito significativa no setor. Disse que, quando começou, frases odiosas como "máfia menstrual", "pedindo por isso" e "feminista" eram ditas casualmente; hoje em dia, é preciso fazer algo sério para ouvir tal coisa, até mesmo no clube de golfe. GH respondeu que "feminista" não era uma palavra de ódio. KD respondeu que sabia do que ela estava falando, mas que provavelmente era melhor não colocarem aquilo na ata. Ele então perguntou se teria que levantar uma plaquinha que dizia "tô brincando" ao final de cada frase.

MO disse que, embora tenha sido maravilhoso ouvir que a empresa estava dando grandes passos nessa questão, ainda havia um bom caminho a percorrer. GH disse que ela precisava concordar, acrescentando que Fat Bob dificilmente era um caso isolado, e que ainda havia vários funcionários que não tinham alterado o comportamento machista ou humilhante contra as mulheres. Quando RS perguntou por que as mulheres em questão nunca reclamaram, MO respondeu que de fato haviam sido feitas várias reclamações de funcionárias aos seus gerentes, que por acaso eram todos homens, e nenhuma medida fora tomada.

KD pediu a MO para desenvolver melhor a insinuação de sua última observação. MO disse que estava sendo bastante óbvia. KD disse que não; além disso, reiterou o recente consenso da diretoria de que grandes avanços já haviam sido feitos sobre o assunto. Valia a pena ressaltar, acrescentou, que, como sociedade, temos que aceitar onde estamos. KD também lembrou a MO que ela estava apenas agindo de acordo com seu novo papel, e se perguntou se ela teria a mentalidade certa para se destacar de forma permanente.

3. Relatório da diretora executiva em exercício

MO apresentou o relatório da diretora executiva em exercício. Ela falou sobre sua bem-sucedida migração de toda a funcionalidade *back-end* de comércio eletrônico da divisão para a nuvem e atualizou a diretoria sobre o progresso de seu plano estratégico de três anos para mudar as atividades comerciais da divisão para um modelo de pagamento baseado em assinatura, uma abordagem ousada e inovadora que já havia resultado em um aumento de onze por cento sobre a receita prevista ano a ano. Nesse momento, MO perguntou a KD por que ele a estava olhando de maneira estranha. KD respondeu que, enquanto MO fazia a apresentação, ele notou que o queixo dela tremia levemente, o que era bonito. RS e JW acrescentaram que ambos haviam notado isso, e que também acharam atraente.

4. Adiamento

Nesse ponto, MO pediu um adiamento extraordinário da assembleia da diretoria por motivo de doença súbita. KD perguntou qual era o problema. MO disse que estava tendo cólicas menstruais. KD disse que não havia necessidade de dar detalhes repulsivos. Ele acrescentou que se questionava se o argumento de igualdade salarial não teria ido um pouco longe demais, sobretudo quando um dos sexos estava sempre pedindo tempo para... você sabe. MO disse que na verdade estava bem, embora a reação de KD tivesse sido instrutiva. KD perguntou o que ela queria dizer. MO respondeu que havia providenciado que a assembleia fosse transmitida ao vivo para os 373 funcionários da divisão, 67,3 por cento dos quais eram mulheres, e que deixaria isso para os outros explicarem.

A agenda foi suspensa nesse ponto, e a assembleia foi encerrada.

CONSTRANGIMENTO DOS RICOS

Na rádio Happy FM, anunciaram um prêmio de trinta mil libras para a primeira pessoa na cidade a localizar um pequeno urso dourado da emissora. Uma nova pista de seu paradeiro seria transmitida a cada hora, logo após as notícias e as atualizações do tráfego. Mas as crianças deixaram de procurar o urso assim que se deram conta de que o prêmio não seria entregue instantaneamente, ao contrário de todas as caçadas de ovos de Páscoa e caças ao tesouro das quais já haviam participado. Além disso, Matt havia prometido a elas uma manhã de brincadeira.

As intensas chuvas de maio tinham dado lugar ao forte calor de junho; era um dia para estar ao ar livre. Dentro do parquinho estava escuro, frio e sem uma viva alma. Havia apenas Shenika, que encontraram limpando o chão da cafeteria. Ela levantou os olhos assim que ouviu Matt, Jon e Milly entrarem.

— Então... Ninguém vem brincar aqui nesse tempo tão bom? — falou.

Ele e Shenika se conheciam de vista por causa de suas muitas visitas com as crianças até aquele local cheio de escorregas sinuosos, piscinas de bolinhas e rampas almofadadas.

Ela acenou para o chão.

— Pensei em resolver logo isso — disse, batendo o cabo do esfregão no piso.

Matt gostava de Shenika. O rosto dela sempre mostrava aquela seriedade de que é preciso para sobreviver em um mundo de crianças gritando e pais cansados, mas uma simpatia estava sempre espreitando. Ela era simpática, apesar de todos seus esforços para parecer o contrário.

Matt pagou — £2 para Jon, de dois anos, £4 para Milly, de quatro, £4 para ele mesmo — e assinou a prancheta. Eram os primeiros, talvez os únicos clientes do dia.

— Isso seria muito bom — disse Shenika, referindo-se ao último boletim sobre o Urso da Happy FM e às trinta mil libras esterlinas. — Trinta mil libras.

Ela tinha voltado para o balde amarelo sobre rodas e o cheiro de desinfetante.

— Não precisaria mais fazer isso.

— Mas o que você faria com trinta mil?

Ela levantou os olhos. Naquele espaço quente e vazio, sem a habitual multidão aos gritos e contrastando com o forte cheiro de limpeza, a pergunta parecia estranhamente íntima, até mesmo inconveniente.

Ela olhou para trás, para seu esfregão.

— Aplicar em algum lugar. Ficar com todos os juros.

— Mas você ainda teria que trabalhar, essa é a questão — disse ele. — E as taxas de juros estão baixas agora. Você precisaria de um milhão para deixar tudo de uma vez.

Ela o encarou de um jeito estranho.

Matt ficou em silêncio. Sabia bastante sobre estratégias de investimento, taxas de juros e planos de aposentadoria antecipada, pois havia cerca de três semanas que ele tinha ganhado anonimamente £973.578,81 na loteria.

Jon estava correndo pelo parquinho, indo para a máquina do Bob, o Construtor, que tanto amava. Ele se jogou ao lado do Bob e sentou-se triunfante na cabine do Scoop (ou era Muck? ou Dig?). Enquanto isso, Milly, uma veterana nos obstáculos do parquinho, já havia arrancado suas meias e sandálias, e estava escalando os grandes degraus acolchoados em zigue-zague na direção da piscina de bolinhas.

Quando Matt a alcançou, Milly já tinha montado uma linha de produção e estava fazendo comida para festas em escala industrial. Bolas amarelas iam para a piscina para fazer sorvete; as vermelhas, ela deixava de lado para a geleia; as demais eram descartadas. O trabalho do pai era pegar as muitas bolas que tinham caído da piscina pelas bordas ou rolado pelos degraus macios até a área onde estavam os grandes tijolos plásticos.

Saber do dinheiro o consumia. Não conseguia digeri-lo. Só sua esposa, Sally, conhecia os detalhes. Ele nunca poderia ter imaginado que desejar muito dinheiro fosse tão diferente de ter muito dinheiro.

Mas era divertido, não? Milly sentou-se no degrau de cima e riu enquanto Matt jogava as bolas erradas para ela. Ele estava ali naquele momento. *Se temos um ao outro, já não somos, de fato, ricos?*

Jon. Matt olhou à sua volta. *Merda.* Onde está o Jon? *Merda. Jooooooon!!*

Matt saiu da área de brinquedos, abaixando-se desajeitadamente para passar pela abertura do tamanho de uma criança, e voltou para a área da cafeteria, com o piso ainda brilhante — molhado pelo esfregão em algumas partes. As portas das escadas de incêndio estavam abertas e o sol escaldante ajudava a secar o chão. Do lado de fora, ele olhou para os silos, o cais de carga, o beco que levava para a movimentada rua principal. *Nada, não estava em lugar nenhum.*

Matt já tinha passado por isso muitas vezes. Ele achou que tivesse perdido Jon na rua naquela manhã, quando o encanador chegou e a porta da frente ficou entreaberta. Mas não se sentiria mal, não acreditaria, até que tivesse que acreditar. Ele não conseguia nem assistir a filmes sobre esse tipo de coisa.

Voltando para dentro, viu que Shenika tinha ouvido seus gritos e estava sacudindo a cabeça com o olhar de alguém não acostumado a movimentos bruscos.

Logo depois, Jon saiu detrás da máquina do Bob, o Construtor, com a indiferença do menino Jesus ensinando no templo. (*"Você não sabia que eu estava com o sr. Bentley?"*) Ele mantinha seu jeito de andar de Muppet, a franjinha loira e expressão de zombaria. Jon tinha habilidades precoces de andar de patinete, dava beijos molhados e insistia que as focas eram uma espécie de pássaro.

Era tranquilo e despreocupado.

— Ah, Deus. Você quase me mata do coração. — Shenika olhou para Matt em parte aliviada, em parte acusadora.

E Matt pensou: *Quanto lucraria um homem se ganhasse o mundo inteiro, mas perdesse seu filho de dois anos debaixo de um ônibus?*

— Vamos para o Morrisons! — disse ele.

O dinheiro não tinha trazido felicidade imediata. Quando Matt e sua esposa ficaram sabendo, foram jantar para comemorar e acabaram sérios e ansiosos.

Sally havia chorado ao pensar em pessoas que amava e que haviam morrido muito cedo e nunca tiveram tanta sorte. Pessoas que eles poderiam ter ajudado, com vidas difíceis que poderiam ter sido diferentes com um pouco mais de dinheiro. E Matt percebeu que o dinheiro só pode deixá-lo feliz se você tiver alguma ideia de quem você é, ou de para que rumo a sua vida está tomando.

Ele tinha sonhado com dinheiro fácil; era preciso tê-lo para saber como tornava as coisas mais complexas. Um milhão era uma coisa abstrata, facilmente confundida com algo concreto.

Havia um conjunto desconcertante de opções que de repente se abriam, que não libertava ou entusiasmava tanto, mas que ofuscava e confundia. Havia o medo de ser aquele que tinha tido tudo, mas acabou jogando tudo fora, como acordar depois de uma bebedeira e descobrir que tinha perdido tudo em algum negócio num pub duvidoso envolvendo um cavalo de corrida.

E então, é claro, havia a culpa de que tudo aquilo era um absurdo total, ansiedades de um por cento da população, que qualquer um em seu perfeito juízo faria de tudo para ter.

A lanchonete do supermercado Morrisons era uma ótima escolha. O café era muito bom. Era tudo muito barato, e parece que o peixe com fritas tinha ganhado um prêmio. O local era uma espécie de centro social não oficial para a comunidade.

Matt não trabalhava às quintas-feiras; então, depois de uma manhã supervisionando as brincadeiras ou a piscina, gostava de ir almoçar com Milly e Jon. As crianças conheciam o lugar, entendiam os protocolos, gostavam da comida e ficavam mais ou menos quietas por 25 minutos fazendo uma bagunça para outra pessoa limpar. O que tinha de errado naquilo?

Sally falava que havia muita comida em casa, que era um desperdício comer fora todas as quintas-feiras. Além disso, Matt dava às crianças a injusta impressão de que ela era austera, que ficava contando cada centavo, enquanto ele era um pai expansivo e divertido.

Matt protestou que a Morrisons era barata, e não demoraria muito para que as crianças fossem para a escola e essas coisas terminassem. Mas a verdade é que, com todo aquele dinheiro maldigerido no banco (vários bancos, na verdade), ele não via por que economizar mais, procurar descontos e liquidações, ou qualquer uma dessas coisas de reutilização, redução e reciclagem que costumavam fazer.

Ele se esforçava para lembrar o sentido de toda a filosofia de economia que sempre sustentou seu casamento. A economia era divertida e justificada: significava que poderiam pagar pelo terreno que tanto queriam, significava embrulhar os presentes em papel jornal, e não comprar nada de marca. Significava fazer sanduíches para o almoço e pegar o ônibus para a escola em vez de ir de carro, e economizar pontos do Clubcard para pagar uma viagem à Legolândia. Estava ancorada em uma ideia de felicidade familiar sustentável.

Mas, agora que eles podiam pagar por tudo, de que adiantava economizar em algo? Por que não comer fora todos os dias? Por que não pegar um táxi em vez do ônibus? Por que não contratar uma faxineira, uma babá e um jardineiro?

Por que ir trabalhar? Qual era o valor das coisas agora?

Na mesa ao lado, um jovem em um carrinho motorizado estava contando sua história para um homem com uns setenta ou oitenta anos, que trazia a esposa para almoçar todos os dias e sempre conversava com todos. Matt ouviu o homem mais jovem dizer: "Estou nisso há dezessete anos. Acidente de moto", "Hospitais no Chipre não são bons" e "Acredito no destino".

A esposa do homem mais velho estava em uma cadeira de rodas. Ela costumava participar de tais conversas, mas agora sua expressão estava fixa, e sua cabeça, caída de lado. Será que o homem cuidava dela sozinho? — Matt se perguntava. Será que tinham filhos? Matt sempre achou o ápice da injustiça que ao final de um longo casamento e décadas de paternidade um dos dois terminasse passando os últimos anos como cuidador do outro. De volta a toda aquela coisa de dar comida na boca e limpar bundas, quando provavelmente tudo o que se queria fazer era se sentar e assistir a um pouco de televisão.

Nesse instante, uma mulher sentou-se na mesa ao lado. Indiferente, segurava seu número de pedido na mão e olhava para a frente. Usava uma camiseta que dizia "YOLO".* Esse YOLO em sua camiseta, para Matt, pareceu ser uma *tendência*, algum tipo de meme ou bordão que ele nunca havia entendido, como quando os jovens dizem "Sem tempo, irmão" ou todos aqueles gifs "Sou eu na vida..."

Assim começou a longa caminhada para casa, sob um intenso calor. Matt estava empurrando Jon no carrinho, que servia de apoio para o patinete. Milly também tinha seu patinete, mas estava enrolando, e o progresso deles era interrompido a cada três ou quatro passos, quando ela descobria outra "casa de formigas" na calçada.

— Estou interessada nisto — declarou. — Tire uma foto, papai! Tire uma foto!

Em volta de cada fissura na calçada, as formigas tinham empilhado terra para fazer formigueiros. Milly deixava seu patinete e pressionava a bochecha no chão, perto de cada formigueiro — havia muitos deles ao longo do caminho de volta —, com uma fascinante vista da energia microcósmica e de toda a movimentação.

* Acrônimo, em inglês, para *you only live once* ("só se vive uma vez"). É usado, especialmente nas redes sociais, para dizer que você deve fazer coisas que são divertidas ou emocionantes, mesmo que sejam tolas ou um pouco perigosas.

Matt passou cansado por cima da filha, prendeu o patinete dela nas barras do carrinho ao lado do patinete que era do Jon e se inclinou para começar a empurrar o pesado carrinho de dois lugares pela longa e íngreme rua que levava à sua casa. O progresso foi lento. O carrinho era pesado e incômodo com os dois patinetes, e as intermináveis paradas para ver as formigas da Milly o estavam deixando enfurecido.

Quintas-feiras com as crianças. Os pais não costumavam fazer isso, não é? Certamente não esperavam isso do seu pai, e ele provavelmente não acharia que isso era da sua alçada. Mas essa era a verdadeira riqueza, não era? O tempo que passavam juntos. Só que ninguém contou que cuidar de crianças era muito mais difícil do que o trabalho de adultos, ou que exigia reservas de altruísmo, energia e iniciativa que estavam além de Matt, levando a uma culpa recorrente, ansiedade e ressentimento, bem como a uma determinação desesperada de apenas *sobreviver ao dia.*

Sally dava conselhos que pareciam óbvios, calmos e sensatos, que Matt presumiu que poderiam ser completamente ignorados — coisas como "não tente fazer muita coisa", "tenha um plano para o dia e mantenha-se fiel a ele" e "não espere muito deles".

Foi somente depois de algumas quintas-feiras que Matt percebeu que as palavras de Sally não eram truísmos vazios, mas lições vitais de sobrevivência a serem seguidas sem discussão.

Matt via todas as quintas-feiras como uma página de diário em branco, que ele preenchia com faixas de cores que iam do branco até o preto mais escuro. Os pedaços brancos representavam os momentos em que podia estar satisfeito com seu desempenho como pai — eficiente, bem organizado, presente no momento, no controle; as tiras mais escuras estavam onde havia ignorado as necessidades das crianças, passado tempo verificando seus e-mails ou lendo notícias de futebol on-line, tinha perdido a calma ou não lembrava que os filhos tinham apenas dois e quatro anos.

Na maioria das vezes, o dia começava com o otimismo e as boas intenções da manhã, mas, com o tempo, as tiras iam ficando cinza ou mais escuras, especialmente depois do almoço, quando estava cansado e Jon não conseguia dormir, e novamente antes do jantar, quando eles estavam com fome e ranzinzas, assim como o pai. Algumas noites, Sally trabalhava até tarde; então, Matt colocava as crianças na cama sozinho. Esses momentos eram, muitas vezes, as tiras mais escuras de todas.

O dia não tinha sido muito ruim até aquele momento. Haveria uma mancha no diário na hora em que ele tinha perdido Jon — na verdade, as duas vezes —, e houve momentos de irritabilidade e impaciência durante toda a manhã. Mas agora Milly tinha parado novamente.

Milly, com suas interpretações dramáticas das músicas de *O rei do show*, suas narinas ridiculamente expressivas e sua obsessão com O Grande Incêndio de Londres (que ela disse que deveria se chamar "O Terrível Incêndio de Londres", pois não havia nada de *grandioso* naquilo). Milly, com seus pesadelos com gafanhotos e seus óculos de proteção improvisados com fatias de salame com buracos nos olhos e seus minúsculos braços com cicatrizes de eczema. Milly, que havia ignorado sua dúzia de gritos pedindo para encontrar seus sapatos naquela manhã, com o argumento de que *eu tinha que construir um iglu para meu golfinho*.

Não pela primeira vez desde que era pai, Matt meditou furiosamente sobre a palavra *coleira*.

Ele se lembrou da mulher na mesa ao lado, encurvada sobre seu ovo pochê com torradas. Enquanto Millie embromava, Matt procurou "Yolo" no Google. Tenso e constrangido, deitou-se na calçada e inclinou o telefone para tirar uma foto boa das formigas.

SENHOR, EM SUA MISERICÓRDIA

Senhor,

Rezamos pelos doentes e enfermos da nossa paróquia, e por todos os que estão com a mente ou o corpo angustiados. Console os que estão com dor ou desconforto, Pai, e dê força e paciência aos que cuidam deles.

Senhor, em sua misericórdia...

Ouça a nossa oração.

Enquanto Betty estava sentada escrevendo as orações da semana, pegou-se pensando no padre David e imaginando novamente se poderia continuar com isso.

Ela e o padre David trabalharam juntos em muitos eventos no Conselho Paroquial ao longo dos anos, mas ficaram muito próximos na volta de uma visita ao santuário de Walsingham em abril passado.

Betty ficou muito emocionada com a visita. Na viagem de volta, havia se sentado sozinha na parte de trás do ônibus, em silêncio, chorando. Padre David se arrastou pelo corredor, balançando, sentou-se ao lado dela, e logo ela chorava por causa de seu falecido marido, Pat. O padre a acalmou e se compadeceu. Quando o ônibus parou no estacionamento em frente à igreja, Betty já estava dormindo no ombro dele.

Senhor,
Oramos pelos nossos sacerdotes, bispos, e por todos aqueles que tomaram as decisões corajosas de dedicar suas vidas ao Senhor. Concedei-lhes a fé e a força para continuar em seu caminho, e que encontrem apoio e encorajamento entre aqueles a quem servem.
Senhor, em sua misericórdia...
Ouça a nossa oração.

Betty começou a ajudar o padre David em pequenas tarefas — descongelando o freezer, passando as camisas dele, eventualmente costurando um botão. A relação deles era casta, pelo menos no começo, e a estranha reunião semanal para café e uma conversa no supermercado — só para ver como Betty estava — aos poucos se transformou em um ritual quase diário. Os tópicos variavam, desde o luto de Betty até os espinhosos enigmas das Escrituras e o amor compartilhado pelo programa *Dança dos Famosos*.

Logo eles passaram a se encontrar no presbitério, para onde Betty começou a levar alimentos para cozinhar os almoços nutritivos que ele desejava. Um típico solteiro de pouco talento culinário, ele devorava as tortas dela, o frango à Kiev caseiro e seu famoso salmão *en croûte*, peça central de tantas reuniões da Associação de Mulheres Católicas.

Dizem que o caminho para o coração de um homem é pelo estômago, mas Betty só queria servir a esse homem que tanto fazia pelos outros. Ela adorava cozinhar, e isso a afastava de seus próprios problemas. Em pouco tempo ela ganhou uma chave para poder entrar na casa sozinha.

Senhor,
Neste momento de grande divisão no mundo, pedimos o apoio ao trabalho de nossos líderes políticos, aqui e no exterior. Conceda-lhes a sabedoria para tomar decisões que levem a uma sociedade mais justa, e a coragem de enfrentar a injustiça em todas as suas formas.
Senhor, em sua misericórdia...
Ouça a nossa oração.

Enquanto assistia ao noticiário uma noite — eles tinham passado do almoço para o jantar —, Betty saiu da cozinha e viu o padre David vestido não com sua batina habitual ou sua modesta batina preta e calça cinza, mas com uma roupa de corrida bastante na moda.

Despojado do seu traje habitual, o padre revelou ter um físico surpreendentemente poderoso. (Betty não pôde deixar de notar.) Grandes veias saltavam em seus braços, e suas pernas eram fortes.

Betty não tinha olhado para um homem desde o inoportuno ataque cardíaco de Pat três anos antes. Mas ali estava esse grandalhão e gentil santo — com seu comportamento gracioso, suas percepções espirituais e aqueles olhos castanhos profundos. Um homem sempre pronto para ouvir seus problemas ou suas confissões — na maioria das vezes, desnecessárias, como ele sempre lhe dizia.

Padre David não se parecia nem um pouco com Pat, ela não podia deixar de pensar. Pat — apesar de ter os olhos mais amáveis e amorosos do mundo — teria sido o primeiro a admitir que estava mais para o tipo esquelético. Mas por que pensar nessas coisas? E por que agora? E por que tinha tanta graça pensar que o padre David estava a poucos metros de distância, nu e molhado no chuveiro quente, enquanto ela se ocupava com os talheres e a bandeja para o jantar que fariam assistindo à TV?

Quando voltou à sala, padre David usava um conjunto de moletom com uma toalha no pescoço, e um sutil cheiro de almíscar tomou conta do cômodo, vindo de sua pele ainda úmida. Naquela noite, ela ficou para assistir às entrevistas do *The One Show*.

Senhor,

Oramos por todas as almas santas que morreram na paz e no amor do Senhor ressuscitado. Pensamos especialmente nos falecidos amigos e familiares dos nossos paroquianos, ao mesmo tempo que dedicamos um momento para recordar os nossos próprios entes queridos.

Senhor, em sua misericórdia...

Ouça nossa oração.

Ao final de uma manhã de janeiro, Betty entrou no presbitério com um grande saco de compras. Era o aniversário do padre David, e ela queria surpreendê-lo com sua comida favorita: uma torta salgada com embutidos, seguida de torta de limão.

O padre David não estava em lugar nenhum, e era isso o que ela queria — provavelmente estava terminando uma visita ao hospital, onde costumava ser chamado para realizar a extrema-unção. Mas Betty mal tinha começado a cortar os cogumelos quando ouviu um estranho ruído, repetido várias vezes, vindo de... poderia ser lá em cima?

Betty nunca havia saído do andar térreo do presbitério. Tinha feito o melhor que podia para embelezar aquela decoração masculina com plantas, panos e algumas reproduções de pinturas renascentistas — nada de extravagante e inapropriado, é claro, mas tudo ajudou a dar mais vida ao lugar.

Ao subir as escadas, ela viu que o primeiro andar era ainda mais vazio e descuidado do que o térreo costumava ser. Pisos de madeira nus e paredes de um tom de rosa-claro e desbotado emolduravam um corredor de muitas portas. (Padre David lhe dissera que a casa tinha seis quartos no total, em seus três andares. Disse que sempre se sentia culpado por tudo isso estar disponível para um só homem. Muitas vezes, desejava que alguns refugiados pudessem vir morar com ele, mas a diocese não permitia.)

Ela ainda estava segurando sua faca de legumes curta e afiada enquanto subia as escadas e se inclinava sem fôlego para a fonte do barulho, que parecia ser a segunda porta à esquerda. Parecia um ruído meio animalesco, e lentamente ela relaxou a mão que apertava o cabo da faca.

Padre David estava deitado na cama. Ele usava um roupão de toalha com um tom de mostarda estranho. À porta, Betty não podia deixar de sorrir, apesar da situação, pois se tratava de uma roupa que só um homem solteiro e insensato poderia pensar ser de bom gosto. Seu coração entrou no quarto antes dela.

Padre David estava em posição fetal, chorando silenciosamente. Ela já sabia, sem ele dizer, que a mãe dele — que estava gravemente doente havia meses — tinha acabado de morrer. Betty foi até ele e perguntou se estava bem. Ele disse que estava sofrendo. Mas Betty não era burra, e se entregou a ele naquele momento, porque sabia que esse dia chegaria, e não podia mais resistir.

E, assim, explodiu uma bomba de intimidade em sua vida. Essa nova proximidade foi tão emocionante que nenhum dos dois conseguiu encontrar uma boa razão para não fazer amor uma segunda vez, ou uma terceira, e com frequência. E, assim, aqueles momentos complicados de dúvida culpada que podem evitar que um impulso compartilhado se transforme em um hábito clandestino foram superados.

O padre David era ardente e generoso; Betty sentia coisas que não ousava expressar. Ela era paciente e amorosa, e estava feliz por tudo isso ter ajudado a consolá-lo. É claro que lhe pesou a consciência, mas esse incômodo foi embora em pouquíssimo tempo... Tão rápido quanto o orgasmo do padre David.

> Senhor,
> Oramos pelos nossos professores e por todos aqueles que trabalham abnegadamente para dar aos nossos filhos as qualidades e habilidades de que precisarão para enfrentar o futuro. Que eles sejam inspirados pela paciência amorosa do maior de todos os professores, Seu Filho, enquanto trabalham para ajudar os outros a se tornar pessoas melhores.
>
> Senhor, em sua misericórdia...
> Ouça nossa oração.

Padre David não sabia nada sobre sexo, e quase nada sobre mulheres. Assim, apesar de ela mesma não ser experiente nos caminhos do amor, Betty foi capaz de lhe mostrar algumas coisas. E ele não poderia ter sido um aluno mais entusiasta e receptivo, sempre pronto para revisar um ponto de aprendizado complicado ou colocar uma nova habilidade à prova.

Havia ternura e uma espécie de felicidade escondida naquele ninho que fizeram para si mesmos no menor dos quartos de hóspedes do segundo andar, onde ninguém jamais poderia alcançá-los, nem eles mesmos, talvez.

Mas nunca seria simples para uma mulher como Betty estar com um homem como o padre David, e a única maneira com que ela poderia fazer as coisas funcionarem era se dividir em duas e proibir cada parte de ter conhecimento da outra. Betty às vezes tinha que alternar entre si mais de uma vez no decorrer de uma tarde, especialmente se o padre David estivesse sofrendo muito.

Betty sabia que ele deveria estar lutando contra tudo isso também, pois os padres enfrentam coisas que os paroquianos comuns não conseguem entender. Mas nunca discutiram sobre isso, e o padre David tinha uma forma engraçada de não mostrar sinais de dificuldade, exceto pelo fato de assobiar pela casa.

Na igreja, porém, as outras mulheres sabiam. Betty percebia. Ela sabia pela voz da velha srta. DeCarlo enquanto arranjavam as flores juntas, por um olhar penetrante que as irmãs Bellingham trocaram durante um café da manhã, pela sutil referência de Sally Duggan ao "momento de carência do pobre padre David".

A alma de Betty passou a ficar ainda mais aflita, porque amava o padre David, porém sabia que amá-lo dessa maneira era errado. Mas ela não sabia como deveria sentir essas duas coisas ao mesmo tempo. Certamente não demonstraria nada na frente da velha srta. DeCarlo, com quem organizava as flores havia vinte anos, e que tinha uma maneira de olhar para você e logo perceber o que estava acontecendo.

Ironicamente, a única pessoa a quem Betty poderia ter se voltado para ajudar a resolver tudo isso era o homem que agora gostava de puxá-la para perto para beijar suas sobrancelhas, fazer cócegas no pescoço com um bafo quente, lamber suas axilas raspadas grosseiramente e acariciar-lhe os joelhos com seus polegares. E ele fazia tudo muito bem, exatamente como ela havia ensinado. (Exceto a parte das axilas, que foi ideia dele, e não lhe agradou muito.)

Sentindo os problemas dela, o padre David ofereceu-se para ouvir sua confissão, mas estavam na cama à tarde naquele momento, e as ironias da situação rapidamente a derrotaram.

Senhor,

Rezamos por todos aqueles que sofrem de um sentimento de isolamento, seja por doença ou luto, seja por discriminação ou encarceramento. Que eles encontrem consolo em sua presença amorosa e na companhia de amigos, parentes e vizinhos.

Senhor, em sua misericórdia...

Ouça a nossa oração.

Com o passar do tempo, Betty começou a sentir que não era a mesma. Parecia não haver mais tempo para as coisas que ela mais amava com relação a estar com o padre David — fazer palavras cruzadas, discutir o significado das parábolas, conversar sobre suas respectivas tristezas, assistir às partidas de tênis de Wimbledon, debater os prós e os contras das sacerdotisas, todo o dar e receber de um companheirismo feliz e estimulante.

Ao se entregar a ele, havia pensado que estavam selando o seu amor. Sabia que era tecnicamente errado, mas também ousara perguntar se não seria *correto* em algum nível mais profundo, que um dia seria reconhecido e justificado. Sacerdotes podiam se casar em outras igrejas, e era permitido que ficassem casados se se convertessem ao Catolicismo. Betty tinha até se permitido imaginar que ela e o padre David eram como um par de primeiros apóstolos, professando em segredo — por medo da perseguição — um amor que um dia seria revelado como a verdade triunfante.

Padre David, enquanto isso, queria Betty sempre que a via. Inventava recados e mensagens para levá-la ao presbitério e ao quarto de hóspedes. Era estranha a rapidez com que conseguia passar de um papel para outro. Betty viu como ele se transformava, sem esforço, de pregador piedoso em amante ofegante. Conseguia se livrar do altar e das calças em minutos.

Essas transições rápidas a alarmavam. Faziam-na pensar às vezes se a devoção do padre David não era mais do que um traje que ele usava, algo que podia tirar tão facilmente quanto a batina que jogava apressadamente no chão do quarto (coisa que ela odiava ver; sempre se levantava e a pendurava em outro cômodo).

Betty gostaria de ter discutido essas coisas com o padre David. Mas quanto mais dormiam juntos, percebia, menos ele queria falar com ela. Também pensou em rezar. Mas sentiu que tinha se desqualificado dos consolos da oração por meio de suas ações, em especial porque essas ações não davam sinais de que iriam cessar. O seu sentimento de pecado era agravado tanto pela repetição dos acontecimentos quanto por quem eles envolviam. Para sua mente devota, dormir com um padre era tão errado quanto atirar em um policial.

Pensou em procurar outro sacerdote ou um conselheiro, alguém de uma paróquia diferente. Mas ela sabia pelo padre David que o mundo dos padres era pequeno, e não conseguia suportar a ideia de trair David, ainda que sem querer.

Assim, não disse nada, enquanto o padre David continuou com suas exigências, e nunca pareceu notar que ela parecia mais triste e quieta do que antes. Ou talvez tenha percebido, mas os padres têm uma maneira de se mostrar corajosos, como sem dúvida é exigido deles, e o padre David não perdia o sono à noite. Betty sabia disso porque às vezes ficava ali deitada, olhando seu corpo saciado roncando, até o amanhecer, quando se levantava silenciosamente e voltava para sua vida esquecida.

> Senhor,
> Oferecemos nossas orações em apoio às intenções particulares de todos aqui hoje. Pedimos que guarde nossas orações em seu coração, Senhor, e que nos guie com segurança pelos desafios da vida.
> Senhor, em sua misericórdia...
> Ouça a nossa oração.

A situação poderia ter continuado indefinidamente, mas o padre David começou a parecer irritado com a atenção de Betty e a adotar uma postura muito mais fria e distante. Ele estava ponderando se um homem na sua posição deveria ser visto devotando tanto cuidado pastoral assim em uma só direção. Aparentemente, houve resmungos na diocese de que estava se entregando a "uma amizade particular", disse ele.

O padre David começou a reduzir as visitas de Betty. Nem sempre retornava suas ligações, e a enrolava com compromissos de última hora, que ambos sabiam que ele tinha acabado de inventar. Quando pressionado, disse que seria melhor para ambos se pudessem voltar à amizade mais convencional, que se adequava às suas respectivas posições na paróquia.

Betty concordou a princípio; afinal era o que ela queria. Mas era confuso; quando eram apenas amigos, ela não se lembrava dele telefonando tarde da noite, chorando, um pouco bêbado, dizendo que estava sofrendo demais e que precisava dela: "Por favor, só para conversar". Seu coração se derretia e ia até ele, e claro que aquilo acontecia novamente. E, outra vez, ele a evitaria por dias.

Betty decidiu que tinha que fazer algo com relação à situação. Sabia que ele a ignoraria se ligasse ou mandasse uma mensagem; então, decidiu entrar com a chave que ainda tinha, a qual ele nunca lhe pedira que devolvesse. Imaginou cozinhar uma boa torta de carne na cerveja e que poderiam apenas sentar e conversar, deixar tudo para trás e voltar a ser amigos.

Numa quinta-feira de manhã, entrou no presbitério com uma bolsa cheia de compras do mercado. A carne já estava em fogo brando, e ela abria a massa quando ouviu ruídos de angústia vindos de cima. Betty esqueceu todas as suas resoluções e correu para o quarto no primeiro andar, onde o encontrou deitado na cama, de olhos fechados, gemendo alto. Viu também a irmã Bellingham, aquela que nunca se casou, sentada sobre ele, com o rosto em êxtase.

Senhor,
Oramos por aqueles que vivem nas sombras além da luz lançada pela Sua graça salvadora. Ajuda-nos a lembrar que aqueles que perderam a fé também são Suas criaturas, Senhor, e faz com que possam um dia conhecer novamente a alegria de Jesus ressuscitado, que é a nossa Salvação.

Senhor, na Sua misericórdia...
Ouça nossa oração.

Betty escapou do lugar e de todos. Encontrar o padre David e a irmã Bellingham juntos era como olhar para um espelho que refletia seu próprio pecado. Estava mais arrependida do que nunca, mas também estava muito decepcionada ao perceber como se sentia amargurada e ciumenta. Havia pensado que ela e o padre David tivessem uma ligação especial, mas agora via que ele era como um menino que descobre um truque novo e não resiste a experimentá-lo com todo mundo.

Ela se culpou. Imaginava a expressão de reprovação no rosto de seus falecidos pais, aqueles olhos afiados da velha srta. DeCarlo, e olhares e murmúrios de todos os outros. Não sabia como poderia voltar à igreja novamente. Isso foi quase a coisa mais dolorosa de todas, porque ela adorava a igreja.

Betty pensou em Pat, e como nada disso teria acontecido se ele ainda estivesse por perto. E, se tivesse acontecido, ele a perdoaria.

A falta de Pat só fez com que se sentisse ainda pior, porque nunca haveria ninguém no mundo que pudesse cuidar *dela* ou absolvê-la. Era como se estivesse de luto por Pat novamente, mas de maneira ainda mais profunda e dolorosa. Perdeu dias e semanas se arrastando com a sua dor, passando horas no túmulo dele, olhando para o vazio, murmurando, molhando a grama já perfeita.

Os dias e as semanas se confundiram em um transe. Betty agia como uma sonâmbula, ignorando ligações e mensagens de familiares e amigos. Mas evitou pensamentos de suicídio, porque se lembrava de um padre na escola que dizia que o desespero era o pecado mais grave de todos. O pecado do desespero, tinha dito solenemente o padre, é o único que não pode ser perdoado.

Betty sorriu assustada com essa lembrança, porque os pecados que havia cometido com o padre David, ela achava agora, tinham sido de desespero.

Senhor,

Oramos pelo trabalho da igreja ao redor do mundo e pelos Seus missionários, que corajosamente espalham a palavra do amor salvador de Deus. Oramos especialmente pelo nosso ex-pároco, padre David, em seu novo desafio como missionário na Guatemala.

Senhor, em sua misericórdia...
Ouça nossa oração.

Alguém deve ter avisado à diocese sobre o padre David, embora não tenha sido Betty. A Igreja tentou contornar o problema, em vez de encará-lo.

Betty herdou um terrier de uma vizinha, e todas as manhãs o levava ao cemitério. Fazia turnos extras no hospital, sempre que podia. Todas as noites, levava restos para alimentar as raposas atrás das antigas quadras de tênis e passeava com seu cachorro com um cansaço que nunca sentira antes.

Um dia, a velha srta. DeCarlo bateu na porta e disse que tinha um problema para resolver com ela. Betty se sentiu em pânico e com vontade de chorar. A srta. DeCarlo disse que o problema de Betty era ser convencida demais. Convencida?, perguntou. Sim, disse a srta. DeCarlo. Muito convencida mesmo. Porque Betty deve ter feito algo muito ruim para pensar que era muito importante ou especial para merecer o perdão do Senhor. Com isso, Betty sorriu pela primeira vez em muito tempo, porque a srta. DeCarlo tinha um certo ar de santidade, e não dava para dizer não para ela.

E assim, depois de uma longa ausência, Betty foi à missa da manhã e sentou-se com seu terço entre os bancos vazios. Ela se ajoelhou, sentou-se e ficou em pé nos momentos certos, com um pequeno sorriso triste fixo no rosto. Mas a srta. DeCarlo disse que ela deveria voltar a frequentar a missa das dez e meia da manhã de domingo, para ficar com seus amigos.

Todos vão ficar olhando para mim, disse Betty. Eles vão, disse a srta. DeCarlo, especialmente quando você começar a ler os pedidos de orações. Betty, que mal podia suportar a ideia de ficar nos fundos da igreja de cara amarrada e passar despercebida, ficou aterrorizada. Mas aceitaria a sugestão, pois a velha srta. DeCarlo sabia do que ela precisava.

Então, num domingo, Betty se levantou diante de sua antiga congregação, envergonhada e ansiosa, e leu as palavras que havia digitado no dia anterior. Talvez tenha ocorrido um olhar estranho, mas a maioria das pessoas apenas sorriu ou abaixou a cabeça, pensando nas próprias questões. E Betty, com sua penitência pública cumprida, viu que o julgamento dos outros não era nada em comparação com o próprio.

Na semana seguinte, o novo pároco leu outro cartão-postal do padre David, que disse que estava muito bem entre seu novo rebanho. *Os paroquianos me receberam muito bem*, escreveu ele, *e minha governanta faz muito por mim.*

ALIMENTOS DE AMOR

Nós nos conhecemos em um mercado orgânico, ao lado de uma banca que oferecia carne-seca sul-africana e queijo Stilton biodinâmico. Ri enquanto você experimentava todas as provas, apreciando tudo como um gourmet para disfarçar sua gula.

Em nosso primeiro encontro, vimos o *Super Size Me* no seu amado cinema de arte, seguido de waffles e sorvete. Os meses seguintes foram um borrão de fim de semana na cama, fortificados por *cafés au lait* caseiros e sanduíches de linguiça de Cumberland.

No dia em que você me pediu em casamento, nós nos sentamos contra um quebra-vento na praia, numa manhã fria de fevereiro. Lembra-se? Dividimos uma bandeja de batatas fritas com sal e vinagre para acompanhar a pequena garrafa de Cava morna que você havia comprado. (Ainda tenho o garfo de madeira em algum lugar.)

O lote. Levamos anos para consegui-lo, e então descobrimos que a acelga e a abóbora eram as únicas coisas que podíamos cultivar que não eram comidas por pragas. Todos aqueles piqueniques maravilhosos que tivemos lá, bebendo chá da velha garrafa térmica do seu avô... E todas aquelas receitas de tutano excruciantemente engenhosas...

Depois que tive os gêmeos, você me surpreendeu com um banquete das coisas que não pude comer enquanto estava grávida: espumante, Brie e camarões. A hora da refeição virou uma feliz rotina: caçarolas cozinhando lentamente no sábado, assados no domingo, chocolates quentes após os shows das crianças na escola, suas excêntricas *power salads* no verão.

Para o seu aniversário de cinquenta anos, lhe dei de presente aquele curso de culinária francesa de que você sempre falava. Era sempre mais fácil fazê-lo cozinhar quando era para algum aniversário ou evento especial — eu não tinha o "temperamento para grandes acontecimentos", você diria. (Você não tinha o "gene de lavar enquanto cozinha", eu responderia.)

E assim entramos na fase das iguarias, com *cassoulets* e *tartiflettes*, *ragoûts* e *terrines de veau*, *soufflés* e *coq au vin*. Você adorava dirigir quilômetros para conseguir um ingrediente obscuro ou um utensílio de cozinha, algo que só usava uma vez, e que depois era guardado no fundo do armário com todas as outras coisas.

Depois do seu susto, vieram os anos de manter a forma — as bicicletas, as roupas esportivas, o cuscuz, os pinhões, sua obsessão por suco de cenoura fresco. Nossa Katie se casou com Alexios, e houve aquele banquete de casamento grego que a família dele deu — não comemos por uma semana depois. Nossa viagem de aposentadoria ao Japão, e a primeira vez (e única) que experimentamos esperma de peixe e donuts de curry.

Mas de todas as refeições que compõem um casamento, nunca vi esta no cardápio: salgadinho de máquina automática para mim, e nada por via oral para você.

O GRANDE WILLIE WHIZZ-BANG!

Crianças. Odeio crianças.

Hoje em dia é quase impossível conseguir um cigarro de uma delas. E é preciso ter cuidado com tudo o que se diz, não se pode fazer nenhuma piada decente, por risco de ofender.

No outro dia, eu estava fazendo um show, desafiando as crianças com minha brincadeira de músicas antigas, e ao lado vi uma menininha sentada no colo da mãe, pulando ao ritmo da música "Oops Upside Your Head".

— Olhe para ela! — gritei. — Ela está recebendo uma *lap dance*!

O segredo de um bom animador infantil é ter algumas piadas na manga para os adultos também, e essa costumava ser *uma aposta certa*. Alguns pais riram, mas depois a mãe da aniversariante me chamou de lado. Quando ela entregou o meu chamado "cachê", veio toda séria, agradeceu pelo show, mas se sentia obrigada a dar um feedback.

— Seu dinheiro é o único feedback de que preciso, querida. Por favor, fique à vontade para ser o mais generosa possível — falei. Mas ela era um daqueles tipos de mulher toda séria, e isso não funcionou muito bem.

— Você realmente fez as crianças se divertirem — disse ela por fim. — E isso é ótimo.

É claro que é ótimo, querida, eu quase disse, sou um profissional. Há 21 anos estou nesse ramo.

Mas ela ainda não tinha terminado. Em algum lugar, zumbindo sobre nossas cabeças, havia um grande *Mas* esperando para despejar sua carga. Finalmente ela cuspiu.

— Mas... eu me pergunto se algumas das coisas que você fala são apropriadas para os dias de hoje.

Ah, meus dias. Lá vamos nós. Ela não gostou da piada da dança; ou da parte em que eu enganei o pai da aniversariante, e fiz ele entregar uma nota de dez à filha; ou quando persegui a garotinha, ameaçando beijá-la até a morte. Mamãe não aprovou minha brincadeira de dança combinada com a fumaça do cigarro eletrônico. Ela não gostou nem da minha imitação de Fu Manchu, pelo amor de Deus.

— Isso não poderia ser interpretado como, hã, um pouco racista, senhor, hã, Whizz-Bang?

— Por favor — falei. — Pode me chamar de Jean-Paul.

— Hum, hã, Jean-Paul.

— Só estou brincando, querida! Me chame de Umberto.

— Umberto.

— Ah, qual é, docinho?! Você não reconhece um Willie quando vê um?

— Willie. Certo.

Peguei você. *E bem que você poderia melhorar essa cara de malcomida, não é?*, quase respondi. (Na verdade, ela era bem gostosa, daquele tipo que almoça com as amigas e depois faz hidroginástica cinco vezes por semana. Quer dizer, você provavelmente comeria. Bem, eu não. A Vi é a única para mim, sempre foi. E agora que penso nisso, eu *não comeria.*)

Mas não. O cliente tem sempre a razão, mesmo — ou especialmente — quando *está certo.* Nunca deixe que seu discurso se arruíne, como sempre digo, nem mesmo diante de um casal gay (dos quais há cada vez mais nos dias de hoje). Nunca faça nada quando está com raiva.

Eu já tinha ouvido tudo isso antes, é claro. Era algo comum em um mundo politicamente correto que tinha enlouquecido, coitado. Um mundo onde toda a diversão das coisas tinha sido sufocada pela máfia da saúde e da segurança. Mas eu sabia o que dizer.

Tradição, querida, falei. O sabor do autêntico humor da classe trabalhadora britânica, disse eu. Com raízes no *vaudeville* desbocado. Aquele ensaio de George Orwell. Ela engoliu tudo o que eu disse. Na verdade, na hora em que falei da *commedia dell'arte*, acho que ela começou a ir mais com a minha cara.

Nesse momento, o marido apareceu. Ele obviamente estava encorajando-a a falar o que pensava, e agora estava verificando se tinha desabafado tudo. Ela acenou discretamente, e o homem mudou logo para o modo simpático.

— Show interessante o que você faz — disse ele, daquele jeito que as pessoas ricas falam quando estão tentando soar descoladas. — Como você se tornou animador de festas?

— Fiquei desempregado em meados dos anos 1980, e meio que caí nisso — falei. — Minha esposa me encorajou. Disse que eu deveria colocar meu palhaço interior para trabalhar para nós. Ela também inventou o nome, único nome nas páginas amarelas com um ponto de exclamação.

— É um nome muito divertido — diz ele, um pouco irritado.

— Na verdade, minha esposa já me chamava assim — falei, e nós dois olhamos para o chão por um momento. — De qualquer modo, o resto é história. Dez mil crianças morrendo de rir desde então, e sem planos de me aposentar.

Ele me olhou de lado.

— É engraçado como muitas palavras que fazem as pessoas rir estão relacionadas a violência e assassinato, não é? — comentou ele. — Você sabe: *morrendo de rir*, *arrasei*, eu *detonei* esta noite...

Caramba! Aquela merda toda de novo, não. Falei com o meu melhor sotaque de Freud.

— Ah, meu caro doctorrr! Você não vai começarrr a me analisarrr, vai?

— Na verdade — disse ele, com um ar quase encabulado de repente —, sou analista.

— Vá em frente, então — falei. — Dê um diagnóstico.

Agora *ele* fez o sotaque.

— Bom, vamos apenas dizerrr que eu non querria estarrr porrr perto quando o riso acabarrr.

Meu telefone vibrou. Era uma mensagem da Vi: *Já está voltando para casa? Não consigo encontrar meu telefone.*

— Argh, doutor analista, você acaba comigo — falei. — Gostaria de saber também o tamanho do pênis da minha mãe?

Não se preocupe, respondo para Vi. *Volto em duas balançadas do pau de um camelo.* É uma velha piada nossa. Ela gostava, embora provavelmente não se lembre disso.

Vi provavelmente nem se lembrará de verificar o telefone, para falar a verdade. Afinal, acha que perdeu o celular. Ela me mandou uma mensagem para dizer isso. Do *celular* dela. Mas não, outra mensagem. *O que é isso de camelo? Está tudo bem, amor?*

Certo como a chuva, envio uma mensagem respondendo do banheiro do analista. *A caminho. O trânsito está um pouco parado — estarei com você já, já.*

Olho para o vaso sanitário para ver a já conhecida mancha vermelha que se juntou ao velho néctar âmbar.

Ah, o mijo do palhaço...

— Qual é o seu nome, Daphne?

— Daphne!

— *Daphne!* Por que você não disse?

Ela ri tanto que fica toda vermelha. Você pensaria que as crianças se cansariam de um animador fingindo esquecer o nome da (ou do) aniversariante ou enganando-se trezentas vezes com a mesma coisa, mas elas não se cansam.

Quando comecei, queria me afastar de todos aqueles clichês, todos aqueles "*Olá, garotada!*" e "*Não consigo ouvir vocês!*". Até tentei dispensar a varinha de condão e o livro de colorir mágico — sabe, primeiro as fotos estão todas em preto e branco, mas depois — *se todos nos concentrarmos, crianças* — podemos colocar magicamente todas as cores de volta nas fotos! O quê? *Não funcionou?* Vamos então, garotos, *vamos tentar mais uma vez...*

Toda essa besteira. Pensei que seria radical e diferente. Introduzi algumas merdas malucas, como telepatia vegetal e contos de fadas de ficção científica (e eu sentia um orgulho especial de *Cachinhos Dourados e os três palhaços ciberassassinos mutantes*).

Mas logo deixei tudo isso para lá. Crianças são sempre crianças. Não adianta tentar inovar ou ser diferente com crianças. Elas gostam das mesmas coisas tolas e conhecidas, e continuam gostando mais um pouco. E idealmente, depois disso, querem que você faça tudo de novo.

— Daphne! — digo. — Esse era o nome do meu avô!

Ela parece não gostar, mas os adultos gostam. Esse é mais o meu tipo de público atualmente. Muitos caras normais, muitos avós e netos, menos leitores do *The Guardian* e gente que come comida natureba. Nenhum anti-Brexit à vista, pelo que parece, graças a Deus.

Tiro um prêmio do Grande Saco de Prêmios do Grande Willie Whizz-Bang! (Sempre passo uns bons quinze minutos no auge do show repassando todas as porcarias que as crianças podem ganhar, desde que façam o que mando, fiquem quietas quando eu pedir, fiquem do lado certo da fila e obedeçam ao Grande Willie Whizz-Bang! o tempo todo. Como sempre digo: você não é nada sem o controle da multidão nesse ramo de trabalho.)

— Olha, Daphne!

É um pequeno paraquedista, um boneco com um paraquedas de seda acoplado. Eu costumava adorar esses quando era criança. Jogava pela janela, via como ele pegava uma brisa e descia para o pátio.

— Aqui, Daphne, você gostaria de ganhar este homenzinho?

Ela nega com a cabeça, como eu sabia que faria.

— Não? — pergunto, virando-me para os mais velhos com uma piscada de olhos um pouco sugestiva. — Você vai *gostar* de soldados quando for *mais velha*, Daphne!

As vovós adoram.

Ligo a máquina de bolhas e agarro a chance de um respiro rápido. Vi manda mensagens: *Você viu as luvas térmicas da cozinha? Preciso limpar a gaiola dos porquinhos-da-índia.*

Nunca tivemos porquinhos-da-índia, amor, quero responder. *E o forno fica desligado no registro quando não estou em casa.* Tinha que ser assim desde que a febre dos programas culinários começou. Ainda temos as marcas de queimaduras no teto.

A aniversariante Daphne está de volta ao palco. E agora está apontando para a minha maquiagem.

— Por que você tem lágrimas pintadas no rosto?

— Não são lágrimas, meu amor — respondo. — São tatuagens. Há uma para cada cara que matei no videogame.

Nem todo mundo entendeu a piada. Mas eu estava arrebentando hoje, *detonando.* Às vezes acho que é uma pena que meu melhor material seja desperdiçado com as crianças. Mas aí eu me lembro: é o fato de falar essas coisas na frente das crianças que torna tudo tão engraçado.

Caso seja feito da maneira certa, até mesmo dizer "mudança de sexo", "irrigação do cólon" ou "exames de imagem" pode fazer a casa vir abaixo. Acabei de receber os resultados dos meus exames, digo a elas. Acontece que já estou curado dos coelhinhos, mas há uma área escura em que eles querem fazer mais testes. Os médicos acham que pode ser uma toca. E vão até lá para uma exploração!

Na verdade, as chances de eu sobreviver são muito boas. De qualquer modo, só dói quando rio.

Não se preocupe, amor, mando uma mensagem para Vi. *Chegarei em casa a tempo para vermos* Neighbours. *Temos que acompanhar os Jones!*

Outro clichê velho. *Neighbours* não passa no fim de semana. Mas a Vi gosta de pensar que sim, e não há nada de mais em deixar que ela continue acreditando nisso. É uma das poucas coisas que a acalmam quando ela se sente assoberbada. Não importa o momento — basta dizer a ela que é hora de ver *Neighbours*, e é possível ver a ansiedade se esvaindo de seu rosto.

Não que eu a culpe por suas explosões. Mesmo que ela dê murros e chutes às vezes.

Não é fácil manter uma cara séria quando se está perdendo a cabeça.

Recebi um e-mail de uma associação de pais esta manhã, de algum benfeitor de uma das escolas locais, perguntando se eu estaria interessado em me apresentar por meia hora na feira de verão deles.

Eles não podiam pagar nada.

"Lamentamos não poder oferecer uma remuneração antecipada nestes tempos de austeridade e cortes escolares", diziam. "Mas, claro, você terá a chance de promover seus talentos únicos para um público cativo de várias centenas de mães e pais — todos com pequenos fazendo aniversários que precisam ser animados!"

Sério? Eu merecia um prêmio. Esse era o terceiro pedido para trabalhar de graça que eu recebia em quinze dias. E tendo acabado de conseguir outro cartão de crédito para cobrir os juros dos primeiros, pegou-me em um momento ruim.

Se você tivesse ido a uma das minhas apresentações, saberia que me preparo muito e me esforço, respondi ao e-mail. *Não repito as coisas como o sr. MangoTrousers ou o Benny BongoBongo* (que eu sei que roubou a maior parte do seu número de um animador de colônia de férias em Marbella).

Pedir que se faça uma apresentação de graça é um pouco como pedir a um chefe de cozinha para trabalhar por nada na esperança de alguém reservar um jantar com ele alguns meses depois, eu disse.

Mas, veja, eu atuaria gratuitamente durante 24 horas em troca de uma ereção decente.

E, assim, fui expulso do Sindicato de Animadores Infantis.

Foi em uma grande festa para idades diferentes, em um grande espaço verde nos fundos de um conjunto de apartamentos. Muitas famílias se reuniram para realizar uma festa conjunta com castelos infláveis, uma piscina, um grande escorrega, uma cama elástica etc.

Eu só deveria me apresentar para os pequenos. Mas, por alguma razão, os mais velhos acharam que seria divertido estragar o meu show. Eles zombaram das minhas piadas, jogaram bananas, borrifaram spray de espuma na minha cara e me esguicharam com suas espingardas de água semiautomáticas de longo alcance. Mesmo assim, pelo menos eu tinha um grande final para eles.

A Vi tinha mandado uma mensagem um pouco antes: *Como saio daqui?* Respondi: *Onde você está?* Ela respondeu: *Estou no café.* Ótimo, pensei. Ela já resolveu.

Então, peço ao pior garoto do grupo que me ajude com um truque de mágica. Digo-lhe que vou separar sua cabeça do corpo, mas que não vai doer nada.

Meu telefone vibra. Outra mensagem: *Qual é o caminho para casa?*

Ele veio, como um cordeiro pronto para o abate. (*Abate*, não se esqueça, doutor analista, também provoca *risadas*.) Ele se deitou no meu tronco de brinquedo, rindo para seus companheiros o tempo todo. Fiz umas besteiras com uma tesoura de plástico gigante, depois o cobri completamente com minha Capa de Magia de Mistério e sutilmente coloquei meu tornozelo direito em posição.

Então, debaixo da capa, puxei a perna das minhas calças para cima, disse ao garoto para fechar os olhos e abrir a boca... *Quem está rindo agora?*, perguntei, enquanto abria o conteúdo da minha bolsa de cateter. Mentira! *Tô brincando*.

Gosto de uma piada tanto quanto qualquer pessoa. Mas sou profissional. E você tem que manter as gargalhadas, não tem? Porque, quando a risada acaba, isso se chama morrer.

UMA EFUSÃO DO DIVINO FEMININO

— Dave Travis, redação.

— Dave, é o Ben.

— Ben! Onde você está? Está atrasado. Deixa pra lá. Não importa. Ouça, quando você chegar, pode começar o Resumo das Notícias, arrumar a página dois, depois dar uma olhada na abertura do Stan sobre economia pós-Brexit? São os problemas de sempre, mas requer erudição e graça, aquele toque de blá-blá-blá exibicionista.

— Não vou hoje, Dave.

— Muito engraçado. E depois disso, você pode dar...

— Desculpe, Dave. Não posso ir hoje.

— Você o quê?

— Algo aconteceu ontem à noite. Bem, na verdade, hoje cedo de manhã.

— Ah, entendi. Você ficou no Three Compasses depois que o bar fechou, e agora se sente meio estranho.

— Como nunca me senti antes.

— Ah, estamos falando de uma dessas ressacas existenciais, é isso? Você está em pânico, ansioso, sensível? Não se preocupe com isso, Ben, acontece com todos. Com você mais do que com maioria, é certo, mas...

— Não é isso. É...

— Ah, vamos lá, Ben! Tome um café forte, um banho, bata uma punheta, tome um suco de cenoura com gengibre, outro drinque para curar a ressaca, três ovos crus com uma colher de chá de páprica...

Qualquer que seja a sua cura para a ressaca, tome-a, se arrume e chegue aqui o mais rápido que puder. O Tony já está de cara feia.

— Chá de camomila.

— Hã?

— Nada. Só não tenho certeza de que as coisas voltarão a ser iguais, na verdade, Dave.

— Ah, Deus, você usou drogas também, não é verdade, Ben? Não é aconselhável se vai trabalhar no dia seguinte, mas não importa. Parabéns para você, Ben. Tá parecendo um amador, exagerou, faz parte do trabalho. Agora é só se recompor e vir para cá. Por favor. *Estou me afogando aqui, porra.*

— Desculpe, Dave. Eu realmente não posso. Algo aconteceu... Ou talvez *alguém.*

— Ah, Deus, não, Ben. Por favor...

— Não é nada disso, Dave.

— Com você nunca é. Olhe, tenho certeza de que ela é incrível. Por que você não vem e podemos conversar sobre isso... enquanto está fazendo algum trabalho de verdade? Assim pode me contar sobre sua futura esposa, e posso ficar com a minha atual ao não ser demitido.

— Não é uma coisa física, Dave.

— Ah, meu Deus. Você é um clichê.

— DAVE, VOCÊ VAI ME DEIXAR TENTAR CONTAR A MINHA VERDADE? Estou tentando te contar sobre algo que poderia mudar toda a sua vida, como fez com a minha.

Pausa.

— Certo, vamos ouvi-lo.

— Bem, por volta das quatro da manhã, acordei de repente com uma sensação muito estranha.

— As suas cuecas estavam ao contrário?

— Ouça, por favor. De repente senti... com a máxima certeza... que havia alguém no meu quarto. Uma presença. E ainda assim... não era uma presença maligna.

— Como é?

— De repente a sala ficou muito escura, e depois, muito clara, como se estivesse iluminada internamente por uma espécie de brilho rosado benevolente. Senti uma queimadura intensa na parte de trás do pescoço. Tive que sair da cama e me ajoelhar. Então, uma voz dentro de mim disse, muito claramente: "Agora você viverá na luz do meu amor."

— Ben, eu... Continue.

— Olhei para o canto do meu quarto e vi um rosto sorrindo para mim. Mas não como qualquer outro rosto que você já tenha visto, Dave. Uma expressão de infinita piedade e gentileza. Um semblante de pureza e perdão onisciente. Um...

— Só um rosto, é isso que está dizendo?

— Não tenho certeza.

— Sem cabelo?

— Bem, foi mais uma impressão do que uma imagem nítida.

— E sem *corpo*?

— Desta vez não.

— Desta vez?

— É muito provável que ela volte hoje à noite.

— O quê? Ela? Como?

— Espere. Tudo isso é muito novo para mim também, mas pesquisei minha experiência no Google e...

— *Você pesquisou* a *sua experiência no Google*?

— Sim, pesquisei a minha experiência no Google.

— E?

— E tenho todos os motivos para acreditar que o que experimentei ontem à noite foi... *uma efusão do divino feminino*. Possivelmente uma aparição mariana.

— Quem é essa Mariana?

— Mariana, como em "relativo a Nossa Senhora".

— Espere, espere. Então, você está dizendo que não pode vir trabalhar porque a Virgem Maria apareceu para você em uma visão ontem à noite.

— Na verdade, esta manhã. Depois disso, senti a mais extraordinária sensação de paz e segurança. Percebi que todas as minhas preocupações e ansiedades não são nada quando se está preso no coração amoroso da Santa Mãe.

— ...

— E isso significa que agora estou livre para compartilhar o amor dela e ser um agente dessa visão de perdão incondicional, o que por si só pode curar os terríveis conflitos e as tensões que estão dilacerando este nosso mundo pecaminoso.

— Então...

— Por isso não posso ir hoje, Dave, porque meu coração passou por uma transformação radical e me comprometi a dedicar o que resta da minha insignificante existência terrena a realizar apenas atos que contribuam para a cura da alma dolorida e degradada do mundo, para a glória da matriarca divina, todo-amorosa!

— Você curaria maciçamente *minha* alma degradada, Ben, se pudesse chegar aqui e editar um pouco esta manhã.

— Dave! Ainda nem contei a melhor parte. Não havia flores no apartamento em nenhum lugar. Mesmo assim, depois que a visão baixou, meu apartamento foi preenchido com um delicado aroma de rosas.

— *Isso* é um milagre. Já estive no seu apartamento.

— A rosa, caso você não saiba, é um dos símbolos de Maria.

— Não sabia disso. Achei que ela gostasse de tulipas.

— Dave, é fácil zombar, eu sei. Mas agora vejo que o cinismo da nossa profissão é apenas um escudo.

— Um escudo, Ben?

— É isso mesmo, Dave. O ego não quer que abramos nossos corações e almas à vontade amorosa do divino, porque sente que sua sobrevivência está sendo ameaçada. E assim ele se esconde atrás de piadas e zombarias, num esforço para distraí-lo da verdade. Mas está tudo bem.

— Está tudo bem, Ben?

— É claro. O medo é apenas o servo do amor. E a vida continuará lhe apresentando oportunidades para amar, até você estar pronto para aproveitá-las.

— Certo, certo... A senhora tinha alguma mensagem para você, Ben? Alguma coisa sobre a importância de cumprir prazos ou honrar seu contrato de trabalho, por exemplo?

— Não sou mais desse mundo, Dave. Nem você, se pudesse entender isso.

— ...

— Por que não vem hoje à noite e a adoramos juntos, Dave? Não, espere, acho que veneração é o termo certo, na verdade.

— Você a venera por mim, Ben. Eu tenho que desligar agora. Acho que acabei de ter a minha própria visão.

— O quê?

— Muita estranha.

— O quê?

— Sim, sim. Era o Tony, mas não como já o vi antes. Estava ajoelhado diante de uma estátua, como se estivesse em oração.

— Isso é incrível! O que está acontecendo, Dave?! É como se o Pentecostes estivesse acontecendo novamente!

— Sim! Ele estava murmurando alguma coisa.

— O quê? Ele estava falando em outras línguas?

— Ele estava dizendo algo como: *Querido Senhor, concedei-me a sabedoria de decidir o que fazer com as duas bolas do Ben que acabei de remover com um facão.*

— Olha, Dave, posso ver que você está em um estado de angústia espiritual. Como você é meu *Irmão na Mãe*, vou até aí e ajudar com o fechamento só mais uma vez.

— Obrigado, Ben.

— As coisas terão que ser um pouco diferentes, no entanto.

— Como assim?

— Bem, vou rezar o terço a cada hora. E seria bom se você e o resto da equipe pudessem me acompanhar.

— Certo. Bem, podemos perguntar.

— Ótimo! Vejo você em cerca de meia hora, então. Se você ainda me reconhecer, claro.

— Como assim?

— Estarei coberto com meu Manto de Justiça Dourada.

— Parece ótimo, Ben. Olha, se você conseguir se esquivar do Tony quando chegar, digo a ele que pedi para você comparecer àquela reunião orçamentária do Tesouro logo cedo. Provavelmente não é nada, mas às vezes eles usam essas apresentações para aprovar um ou outro número duvidoso...

— Obrigado, Dave, meu velho. Quer que eu pegue um cappuccino no caminho?

— Sim, por favor. E um croissant de amêndoa, se tiver sobrado algum.

— E se não tiver?

— Não sei. Qualquer docinho comestível, desde que não tenha passas.

— Deixa comigo, chefe.

— Ben?

— Sim?

— Como foi, afinal, com a Mãe Divina?

— Ela beijava muito bem, na verdade.

ENTERRE-ME COM OS ANIMAIS

Dentro da cabana havia vitrines cheias de animais de fazenda esculpidos grosseiramente e pequenos cães de cerâmica dispostos em filas certinhas. Havia fotos de alguns dos moradores mais queridos do centro ao longo dos anos — uma ninhada de ouriços, um texugo manso, uma garça chamada Gretchen sem uma das asas. Havia exposições de ninhos de aves, peles de cobras, cascas de ovos e um texugo empalhado. O lugar todo exalava um cheiro de ninho de ave mofado.

Em uma parede, havia uma exposição de fotos da fundadora do centro para animais, Karen, recebendo o reconhecimento por seu trabalho: uma abertura oficial com o prefeito da cidade, uma carta de agradecimento de uma escola por *uma visita maravilhosa*, uma foto assinada pelo famoso naturalista Terry Nutkins. E, com orgulho, uma foto de Karen toda vestida no Palácio para receber seu prêmio.

Joe queria pegar os cães de cerâmica. Ele não podia, pois tratava-se de uma "coleção emprestada gentilmente por um apoiador", de acordo com uma placa. Brinquedos de adultos, pensou Ann para si mesma, um conceito complicado para seu neto de três anos e meio. Joe já sabia que a resposta seria não — mesmo assim, ele perguntava todas as vezes —, e fazia seu pedido em um tom que indicava já saber qual seria a resposta. Mas essa decepção logo seria esquecida quando eles entrassem.

Joe amava todos os animais (exceto o bode e a ovelha), sabia todos os seus nomes, e onde se escondiam em suas jaulas. Harry, marido de

Ann, também tinha adorado tudo aquilo — a vibração periclitante, amadora, o exército de voluntários incansáveis sem medo das instalações desmoronadas ou das necessidades avassaladoras, a sensação de uma paixão única levada ao limite da excentricidade. Ele tinha adorado vir com Joe e seus outros netos quase mais do que as crianças.

Ann tinha ficado encantada por Joe também ter gostado tanto. Mas, em particular, ela achava o lugar malcuidado e fedorento, e a ênfase na vida animal prevalecer sobre a humana, um pouco obsessiva. Ela já tinha visto um rato no local uma vez.

Na bilheteria, uma mulher nervosa com delineador permanente estava segurando uma bolsa de juta.

— Tenho um morcego aqui dentro — disse. — Encontrei-o caído atrás da porta da garagem. Está respirando, mas não se mexe.

Ela abriu a bolsa para que Ann pudesse levantar Joe a fim de que ele visse aquele minúsculo pedaço escuro de membrana e pele.

A caixa falou nervosa pelo comunicador. Finalmente apareceu a própria Karen.

— O que é isso? — perguntou a mulher com o morcego em uma bolsa.

— É um morcego-anão — disse Karen.

— *O que é isso*? — perguntou a mulher com nojo.

— Essa é a *raça*. Olhe, não vou mexer aqui. Vou colocar lá dentro, onde podemos fazer uma verificação apropriada.

E tem gente que reclama de monotonia no trabalho, refletiu Ann. Um dia você recebe um pônei que foi abandonado na beira da estrada, no dia seguinte recebe um periquito que caiu da árvore. E agora tinha um morcego.

A mulher que tinha trazido o morcego não queria que Karen fosse embora. Havia algo que precisava perguntar.

— Isso significa que alguém que conheço vai morrer?

— Não — falou Karen. — Quem te disse isso?

— Minha vizinha. Ela disse que isso aconteceu com ela. Disse que encontrou um morcego morto no telhado da cozinha e que no dia seguinte recebeu uma ligação para dizer que sua sogra tinha morrido.

— *Não acredite nessas coisas* — respondeu Karen com firmeza.

Logo depois da entrada, havia um velho barco que tinha sido transformado em um canteiro de flores, uma alegre confusão de azevinhos, capuchinhas, jasmim e amores-perfeitos. Harry havia tirado uma foto disso uma vez com seu celular e usado a imagem como protetor de tela no PC da sala de estar. Até que ela a trocou discretamente por uma dos netos, ou seja, Vicky, Paula e Joe, tirada no Whipsnade, maior zoológico do Reino Unido, no sexto aniversário de Paula. Joe ainda tinha três anos na época; Vicky, nove.

Tinha sido a última vez que eles estiveram todos juntos — ela, Harry, sua filha Chrissy, os pequenos. Sem contar o Guy, que no próximo Natal fará seis anos que ninguém mais viu. Na única carta que escreveu durante todo esse tempo, disse que lamentavelmente havia decidido "desconectar-se da família e de outros padrões herdados". Ele não podia mais ver pessoas que estavam "minando minha positividade" e "bloqueando o trabalho vital de alcançar a unicidade universal". *Malditas lavagens cerebrais.*

Ela nunca havia mostrado a carta a Harry. Achava que ele não seria forte o suficiente para aguentar. Sempre teve uma atitude estranha com o filho, sobre como deveria agir como pai. Harry sempre tinha participado pouco da vida de Chrissy, e ela sempre tinha deixado pra lá e perdoado o pai, independentemente do que ele tivesse feito ou deixado de fazer. Mas, com Guy, Harry parecia assumir suas responsabilidades parentais literalmente.

Harry sempre tentou *apoiar* Guy. Ele pedia folga no trabalho para assistir aos jogos de futebol do time de Guy, shows e reuniões escolares, e até aprendeu a lançar a vara para poder levar seu filho para pescar à noite. Cumpria o papel do pai atencioso, mas havia uma qualidade zelosa no que ele fazia; não era tão natural, como algo que ele *sentisse.*

Em algum ponto do caminho, ela percebeu, Guy se cansara, e havia — como era aquela frase mesmo? — *conscientemente se desacoplado* de Harry. Apenas se afastou, encontrando figuras paternas substitutas por toda parte — um professor na escola, um colega mais velho em seu primeiro emprego depois da universidade, de quem inicialmente tinham desconfiado (na verdade ele era um cara legal, apenas um viúvo solitário à procura de um companheiro com quem pudesse conversar sobre mineralogia). E agora David, seu "facilitador de transformação". (Malditas seitas.)

Ann abriu o portão, e Joe correu na frente como sempre. Ele podia ficar solto lá dentro, na ala do zoológico ao ar livre, cheio de gansos traumatizados, ouriços cegos, furões coxos e um veado muito manso.

À direita havia uma gaiola com um esquilo dentro. Muitas vezes, havia outros esquilos também, pulando por cima do arame e olhando para o seu compatriota encarcerado. Isso sempre fazia Harry rir. "Estão perguntando a ele: *Tá em cana por quê?*", dizia ele. Não era uma piada ruim, pelo menos não na primeira vez em que você a ouvia.

O recinto principal era uma praça gramada, cercada, que continha galinhas e patos corredores da Índia, além de algumas cabras estáticas com chifres em caracol. Uma nova aquisição era uma ovelha de aspecto rústico chamada Julie. A lã fosca de Julie era grossa e pendente, mas havia algumas partes de seu corpo sem lã, e que pareciam sensíveis.

Joe *realmente não gostava* daquela ovelha. Ela chegava até a cerca, fixava seus olhos amarelos satânicos em você e soltava um *méééé* profundo e metálico bem na sua direção, várias vezes. Não era uma ovelha com fome ou que precisasse de atenção. Era uma ovelha que estava provocando uma briga.

Depois do cercado de Julie, um bode preto de chifre longo chamado Butch tinha um pasto só para ele. Uma placa informava aos visitantes que Butch era mantido separado do resto dos animais porque era muito agressivo. Joe também não gostava muito daquele bode.

Muitas vezes, Julie e Butch ficavam balindo um para o outro de maneira ameaçadora durante toda uma visita. Quando tinha que passar por um desses herbívoros furiosos, Joe se agarrava à coxa da avó e se afastava o mais rápido que podia. Embora ele sempre pedisse para ir ali se lhe fosse dada a escolha de um passeio, seu resumo depois era invariável.

— Você foi ver os animais hoje, Joe? — perguntava Harry.

— *Não gostamos da ovelha.*

— Você viu os ouriços?

— *Não gostamos do bode.*

Ele recitaria estas frases como encantamentos, mesmo antes de chegar.

— Para onde vamos hoje, Joe?

— Vamos para os animais, vovó! *Mas não gostamos da ovelha.*

Harry ficava encantado com a constância da reação de Joe. Até fez uma canção a partir dela:

Ah, não gostamos do bode ou da ovelha!

Achamos que são um pouco assustadores...

Joe correu na frente novamente. Os periquitos e Fred, o furão (que geralmente não aparecia), e vários postos com aves aleatórias não o interessavam muito. Na gaiola com os faisões, ele só gostava da estátua estilizada de papagaio. Para Joe, criado com filmes e livros ilustrados da Disney, a estátua era mais parecida ao que um pássaro deveria ser do que os verdadeiros.

Depois, havia uma porca chamada Ginny, que tinha ficado tão corpulenta que mal conseguia suportar o próprio peso. Ginny era um animal criado para abate que de alguma maneira tinha chegado aqui, para passar a aposentadoria livre de matadouros. (Cada animal tinha sua própria história, na maioria das vezes trágica: abandonado por viajantes, uma asa presa em um engradado de cerveja, um atropelamento seguido de fuga...)

— Este é um território desconhecido — Karen havia explicado ao Harry uma vez. — Não sabemos o que acontece com esses animais quando ficam grandes e velhos. Eles em geral já foram todos mortos e comidos muito antes disso.

Alguns dias Ginny parecia estar bem, andando por aí sem ajuda; outras vezes, ela apenas ficava deitada onde tinha caído pela última vez depois de se alimentar.

"Você sabia que os porcos podem se queimar no sol?", dizia um cartaz desenhado à mão. Ann olhou para a obscena pele sem pelos da Ginny. Pensou em porcos com queimadura solar e em torresmo peludo, e sentiu um pouco de náuseas.

— Enterrem-me, ah, enterrem-me com os animais!

Harry falaria isso em algum momento em cada visita, em geral, quando estavam em frente à enorme porca encalhada. Ela não faria isso; iria enterrá-lo no cemitério de Oakford, ao lado de seus avós e bisavós.

Nos fins de semana, quando tinham idade suficiente para andar de bicicleta, Harry gostava de levar as crianças — e, mais tarde, seus netos — para os túmulos em Oakford para "cumprimentar minha mãe e meu pai". Era uma coisa comum nos fins de semana para ele, algo que fazia desde jovem, e que trazia uma calorosa familiaridade de tradição e continuidade.

Sempre pareceu uma prática estranha para Ann, que sentia a presença dos pais o tempo todo. Praticamente qualquer evento ou atividade poderia desencadear uma memória em Ann, desde fazer geleia ou sentir cheiro de lavanda (mãe) até ver um jardim ou uma camiseta do Arsenal (pai). Ela costumava imaginar a própria vida como uma forma que se assentava dentro do contorno deles, como um laço de renda menor sobre um maior, ou um cortador de bolo aninhado dentro de outro. Ela nunca tinha procurado ultrapassar os limites estabelecidos por seus pais; com todos os sacrifícios que tinham feito por ela, teria sido indecoroso, desleal.

As crianças não achavam mórbidas as viagens de Harry ao cemitério — era uma chance para um bom passeio de bicicleta, e havia um parquinho decente no final. Além disso, o cemitério era infinitamente fascinante, com suas dramáticas estátuas de anjos da guarda e homens quase nus crucificados; os elegantes regadores de ferro com seus longos bicos; e as sepulturas meio afundadas que os fariam cair diretamente no inferno se pisassem ali.

Acima de tudo, eles adoraram as pedras verdes como bolinhas de gude que cobriam muitas das sepulturas — pepitas cristalinas da cor do mar britânico, que todos acreditavam ser uma espécie de tesouro precioso, e nunca deixaram de contrabandear para casa em seus bolsos.

Agora que ele também estava enterrado lá, Ann tinha ido algumas vezes para "ver o Harry" no próprio cemitério. Mas as visitas só fizeram com que ela se sentisse mais sozinha. Algo real, mas inalcançável dele estava lá, e de algum modo esse algo era pior do que nada. *Nada*, afinal, era aquilo a que ela teria que se acostumar.

Depois de Ginny vinha um par de ovelhas Jacobs com chifres absurdamente encaracolados — quase bestas bíblicas, Ann sempre pensava, sentindo novamente aquela pequena pontada de decepção, pois Joe nunca deu a devida atenção a elas. Mas se tratava só da ideia de um adulto sobre o animal perfeito que fascinaria uma criança. Joe corria para o próximo recinto, onde um bando de patos e gansos bicava as penas uns dos outros, ou a água suja de uma lagoa de plástico cheia de limo. Suas asas estavam atrofiadas e desarrumadas, com longas penas salientes em ângulos aleatórios, como as hastes de um guarda-chuva quebrado.

Um pato branco, com aspecto normal, estava dando cambalhotas sem fim na água suja, da cabeça para a cauda. Às vezes a dor está no interior, pensou Ann.

Algo de que Joe gostava eram as tartarugas — ou *sapos*, como ele chamava. Vinham em versões pequenas, médias e grandes, com extremidades escuras e viscosas, com listras em amarelo-vivo ou laranja, como roupas de ginástica extravagantes.

Alguns dias as tartarugas estavam todas submersas, e Joe olhava fixamente com a esperança de ver uma cabecinha aparecendo na superfície ou a sombra de um casco em movimento logo abaixo da linha d'água. Outros dias elas estavam todas alinhadas para inspeção na beira da lagoa, embarcações prontas para a batalha, prontas para se mover quando preciso. Atrás delas, Brian, a nova garça, andava para cima e para baixo com um sarcasmo ostensivo.

Nada. Relembrando os últimos anos juntos, Ann se perguntava se o processo de separação não havia começado muito antes da morte de Harry. Ela gostava de pensar que tinham sido companheiros, mas na prática isso significava que cada um deles fazia as próprias coisas em um cômodo diferente de uma casa de cinco quartos cheia de ecos. Ela ficava fazendo seus bordados, pintura em vidro ou fazendo cerâmica no jardim; ele ficava no PC vendendo coisas no eBay ou não conseguindo terminar outro de seus livros sobre os nazistas.

As pessoas pareciam vê-los como um dos bons casais, um dos poucos felizes cujo casamento havia sobrevivido e prosperado ao longo de todos os anos. "Mamãe e papai ainda são tão bonitinhos juntos como sempre", dizia a filha Chrissy naquele belo discurso do trigésimo aniversário de casamento deles. (Nada de Guy, é claro, nem mesmo para isso.)

Harry soube estar à altura da ocasião. Ele se levantou e deu uma de suas respostas espirituosas, fazendo piadas irônicas sobre a violência conjugal de uma forma que, todos presumiram, mascarava um profundo afeto que ele não conseguia expressar de outro modo. "Ann teria me assassinado anos atrás", disse ele. "Só que ela precisava de mim para cortar a grama..." Ele encantou a todos com suas habilidades de dança de salão e sapateado, movendo-se com surpreendente delicadeza para um homem muito grande ao som da banda Mesmerisin' Ragtime, do Velho Wally. (Wally era seu velho companheiro Walter Constant, do escritório de Londres.)

Não era como se, nos bastidores, as coisas fossem tóxicas. Não havia cenas escondidas de agressões ou raiva. À medida que envelheciam, pareciam se falar cada vez menos. Com o ninho vazio e os dois semiaposentados, cada um deles se retirava em silêncio para o refúgio de seus respectivos passatempos. Eles se movimentavam perto um do outro com praticidade, como tartarugas em um lago.

Joe os levava pelo que Ann chamava de Beco da Coruja, um caminho entre duas fileiras de gaiolas que continham vários tipos de coruja, um falcão ("por favor, note que este pássaro era um animal de estimação indesejado"), um faisão espancado e um par de corvos.

Harry amava os corvos. Ele ficava de pé com a cabeça apoiada na travessa de sua gaiola e fazia aquele estranho barulho que, em 32 anos de casamento, ela nunca o tinha ouvido fazer em nenhum outro momento. Ela imaginava que, se nunca tivesse ido com ele àquele lugar, nunca saberia que era capaz de fazer tal som. Perguntava-se: ele tinha outros ruídos para outras circunstâncias que ela nunca saberia?

Uma vez, nas férias, naquele breve intervalo antes de as crianças chegarem, ela se lembrava de ter acordado na pequena cabana alugada e encontrar vazio o espaço ao lado do seu. Caminhando em silêncio até a cozinha, encontrou-o sentado do lado de fora, nos fundos, em uma cadeira plástica branca no quintal. Ele estava dando pedaços de pão e queijo a um corvo, sussurrando suavemente para a criatura negra e brilhante que saltava de um lado para outro naquele ritual familiar de interação homem-animal em que o medo brinca com o desejo.

Ele não a viu, mas a cada dia daquelas férias ele repetiu o ritual, e a cada dia o corvo se aproximava um pouco mais, perdia um pouco mais de medo, ganhava um pouco mais de confiança. Ela acordava cada manhã daquela semana agradavelmente agitada e pronta para a cafeína, e descia as escadas sorrateiramente para observá-lo do pequeno basculante circular no banheiro. Se ele sabia que ela estava lá, nunca disse nada.

Na última manhã, ele conseguiu que o pássaro comesse de sua mão. Procurando compartilhar seu triunfo, virou-se e viu Ann espiando de seu pequeno observatório. Ele fez uma careta de alegria infantil que Ann achava que nunca havia visto antes. Incapaz de reconfigurar sua própria expressão a tempo, ela instintivamente começou a sacudir a cabeça para ele em zombaria: *homem sentimental, pássaro sujo*. E ele rapidamente se virou, os olhos virados para baixo como se tivesse sido pego em um momento de prazer pessoal.

Harry poderia ficar enfurecido e se fechar em si mesmo quando quisesse, especialmente nos últimos anos, mas parecia que havia nele uma ternura tão grande que só podia compartilhá-la em segurança com os animais.

Ela se odiou por haver perdido aquele momento. E ela odiava que ele nunca lhe tivesse oferecido outro.

Harry havia feito algumas tentativas de ter um gato ou um cachorro nos primeiros anos de casamento, em especial quando Guy pedia. Mas Ann, com sua incontestável preeminência doméstica, tinha recusado. Os animais eram sujos, fedorentos e bagunceiros, dizia ela; traziam outras criaturinhas com eles e *eu que acabaria tendo que limpar tudo*. Mas ela se perguntava se a vida deles teria sido diferente com um golden retriever na aposentadoria ou, digamos, dois gatos.

Assim como os casais que pensam em ter um bebê muitas vezes começam ensaiando com um animal de estimação, os casais que ela conhecia cujos filhos tinham saído de casa muitas vezes voltavam a ter um animal de estimação — outra "criança" com a qual se preocupar e da qual cuidar, um novo serzinho caloroso e cativante para projetar uma personalidade.

Algo para preencher os vazios de um casamento muito próximo de corações e mentes.

Ele morrera em um trem. A caminho do trabalho. Duas estações no seu trajeto diário para Waterloo, o ataque cardíaco o pegou. Harry caiu entre as embalagens vazias de batatas fritas e as marcas de botas lamacentas. Caiu e morreu em um trem sujo e malcheiroso. Uma queda, uma submissão.

Foi Chrissy quem lhe deu a notícia. Ann estava na casa da irmã, e Chrissy tinha ido até lá. "Que surpresa agradável", disse ela, como uma tola, e Chrissy respondeu com um estranho sorriso retorcido. Não sabia o que fazer com o rosto, coitadinha.

O primeiro pensamento de Ann foi tentar telefonar para Guy. Até mesmo naquela época, ela sabia que aquilo era uma desculpa para entrar em contato com o filho. Mas ele não podia atender ao telefone, disseram. Estava liderando um Retiro de Canalização, e o selo de energia de cura do grupo não podia ser quebrado. "*Vou quebrar seu selo de energia em um minuto*", respondeu ela. Ela nunca mais soube dele.

Dois filhos — uma filha divorciada, um filho perdido para um culto. Mas três netos maravilhosos e um casamento que valeu a pena, no geral. Talvez não tenha sido uma contagem tão ruim.

No jardim memorial do centro para animais, entre as estátuas de São Francisco e as banheiras de pedra para pássaros, havia mensagens dos donos para os seus amados animais falecidos — placas para os afeiçoados yorkies e labradores fiéis, dedicatórias sinceras a coelhos travessos e gatos siameses brincalhões, uma cruz marcando a sepultura de "uma raposa amiga de todos".

E finalmente havia a placa que ela procurava, aquela que havia redigido (Karen não tinha ficado feliz com o texto no início, mas uma doação logo resolveu isso):

EM MEMÓRIA DE HARRY

MARIDO, PAI E AVÔ MUITO AMADO, E

AMANTE DE TODOS OS ANIMAIS DAQUI

(EXCETO O BODE E A OVELHA)

ARCO-ÍRIS INFINITO

As pessoas às vezes perguntavam a Rick se ele viajava a trabalho. Era uma pergunta que ele tentava guardar na mente para usar no próximo churrasco com os vizinhos, quando se esforçava para inventar novos assuntos de que não tinha falado no churrasco anterior.

Sim, viajo, pensou Rick. Semana passada eu estava em Doncaster e Reading. Na semana anterior, foi Slough e Swindon. Também vou frequentemente a Glasgow, Bromley e Hull. Rick viajava para encontrar clientes e potenciais clientes, cruzando o país para liderar workshops, mediar palestras, participar de reuniões de brainstorm, fechamento de projetos, apresentações formais e *blamestorms*. Com isso, passava muito tempo em trens, e tinha chegado a algumas conclusões sobre as estações de Londres.

Ele gostava da estação Victoria e suas eternas reformas, como se fosse uma mãe idosa, pois era a estação de Londres de sua infância. Ficava tão encantado quanto qualquer turista pelo falso aspecto de vilarejo da estação de Marylebone. Divertia-se muito com a Liverpool Street, com a insolência e o vigor do Centro Histórico de Londres, como um pai com uma filha adolescente que está a ponto de fugir. Ficava entediado com Waterloo, subestimava bastante a nova Kings Cross, mas sentia uma calma amorosa pela boemia de St. Pancras, com seus pianos e suas conexões continentais clandestinas. Ficava intrigado com Fenchurch Street, estação misteriosa, pois nunca havia estado lá.

Mas Paddington, arrojada, expansiva e inútil, o oprimia com sua sinalização perversa, sua ausência de panorâmica, seus longos caminhos entre baldeações, suas barreiras na extremidade errada das plataformas, sua capacidade sinistra de aparecer em dois pontos diferentes no mapa do metrô — com sua recusa de agir como uma verdadeira estação, *Paddington poderia ir se foder.*

No café onde escolheu esperar pelo trem, os protocolos de formação de fila haviam se tornado ambíguos. Uma dupla de fora da cidade — duas mulheres de meia-idade com lenços de seda e bagagem floral — havia ficado em ângulo reto com Rick junto ao balcão. Elas tinham claramente chegado lá primeiro, mas, para um olho destreinado, poderia parecer que elas já tinham sido servidas, ou que Rick estivesse tentando passar na frente delas. Uma das mulheres lançou-lhe um olhar de ódio tão escandalizado que ele se apaixonou por ela imediatamente. Rick deu um sorriso de mesura exagerada — quase um gesto medieval para indicar sua cortesia, e que reconhecia que estavam na frente da fila, abstendo-se de apontar o posicionamento excêntrico delas, que, para ele, havia causado todos os problemas — e começou a imaginar maneiras de matá-las com gentileza.

Mas ele não faria aquilo, pois já estava bastante estressado com o workshop do dia.

Respirou fundo. Era fácil esquecer que algumas pessoas viajavam de trem para se divertir. Nos trens entre cidades, durante o dia, o mundo do trabalho reinava supremo. As pessoas marcavam seus territórios de mesa com toda a panóplia de laptops e fones de ouvido, canecas de viagem caras e artigos de escritório. Enquanto Rick caminhava pelos vagões, via as pessoas analisando casualmente as planilhas que pareciam uma pedra de roseta, escrevendo longos e-mails passivos-agressivos com usos politizados de cópias e cópias ocultas, compilando *slides* obscuros nos quais os números projetados para o próximo trimestre sempre tendem para cima.

Mais do que tudo, ele os ouvia se vangloriando e se queixando ao telefone, enquanto davam bronca em subalternos, vendiam torradeiras aos milhares, discutiam suas chances de ganhar contratos de sete dígitos e se queixavam em teleconferências acaloradas com suas agências. ("Será que a Carrie deu visto nesta iteração, Jay? A experiência do usuário não tem nada da simplicidade elegante que deveria ter, realmente.") E eles faziam tudo isso com ostentação inconsciente, observou Rick, muitas vezes envolvendo todo o vagão em seu drama.

Ele usava uma camisa nova. Fora da embalagem, revelou-se tão branca, engomada e vincada a ponto de parecer o oposto da elegância — uma roupa de merda, na verdade. (Ele se lembrou aleatoriamente de que era uma pessoa que não sabia o que significava a palavra "reticente".)

Havia muito em jogo no workshop com o cliente do dia, um dos principais fornecedores globais de soluções de investimento de alguma coisa. Eles supostamente teriam um grande orçamento e um apetite para fazer muito mais coisas se o dia corresse bem — mas também, ao mesmo tempo, uma alegre aceitação de que, se nada fosse feito por muito tempo, tampouco importava. Eles não tinham a menor ideia de nada, e não percebiam que Rick também não tinha. Deveriam ser, em resumo, os clientes ideais.

Só que, em vez de chafurdar na ignorância feliz, o cliente foi levado a acreditar (principalmente por Rick, infelizmente) que ele e sua empresa tinham o know-how para tirá-los da seca. Eles não paravam de concordar com as opiniões de Rick, aterrorizando-o com uma fé infantil em suas habilidades. Rick tinha convencido a todos bem demais, porque ali estava ele, preso em uma sala com um monte de Diretores Seniores Globais de Alguma Coisa, todos esperando ser deslumbrados pelo brilho estratégico de um homem que nunca havia entendido o que "estratégia" realmente significava.

Rick se perguntou se aquelas pessoas chegavam às reuniões pensando: "Sou um agente poderoso de transformação!", "Hoje vou detonar!", e "Hora de embarcar no Trem da Transformação, pessoal!". Em vez de, digamos: "Temos realmente que fazer isso?", "Podemos acabar logo com isso, por favor?", "Preciso participar?" ou "Eu queria estar morto" (comentando com um amigo).

O momento de quebrar o gelo não tinha corrido muito mal, pelo menos. Rick fez com que todo mundo compartilhasse um fato sobre si mesmo que ninguém mais na sala sabia. Uma mulher havia dividido, uma vez, um táxi com David Beckham, outra era uma fã secreta de crochê; o Chefe de Digital Alguma Coisa revelou que nunca havia comido o cereal Weetabix.

Eles tinham apenas começado a reunião propriamente dita quando chegaram ao consenso de que o bordão do encontro seria "Voltando ao que você disse". Todo workshop tem um bordão, acreditava Rick, e esse era bom o suficiente para adicionar ao seu estoque de frases essenciais para se dizer em uma reunião. Era do mesmo nível de "O que mundo acha disso?", "Retomando ao assunto" e "Esta não é uma frase que eu esperava ouvir hoje!".

Começar suas observações com "voltando ao que você disse" era um elogio ao destinatário, pois dava a entender que valia a pena voltar ao comentário dele e desenvolvê-lo. Convencia a pessoa que acabara de falar que ela era um mestre da lógica e do raciocínio concatenado. E lisonjeava a todos ao fazer parecer que o encontro não era apenas mais um ensaio superficial de banalidades obsoletas, mas um simpósio animado e criativo no qual os pensamentos poderosos de grandes mentes podiam ser vistos se desenvolvendo e progredindo rumo a conclusões importantes e realizáveis.

Mas além de tudo isso, a melhor coisa sobre "voltando ao que você disse" era que as contribuições de pessoas diferentes não precisavam se conectar de nenhuma maneira:

> "Não tenho certeza se já sabemos o suficiente sobre quem são nossos clientes, ou quais são seus verdadeiros objetivos comerciais."
>
> "Voltando ao que você disse... Eu realmente gostaria que parássemos de usar essa cor verde-azulada como fundo dos nossos cartões de citações no Twitter. Sei que faz parte da nova paleta de cores da marca, mas me parece um pouco extravagante."

Depois do almoço, Rick fez mais um breve momento de quebra de gelo. Fez com que todos dissessem se preferiam *Breaking Bad* ou *Game of Thrones*, e dar razões para sua escolha. Tudo estava indo bem até chegarem à Diretora-geral de Alguma Coisa, que disse que nunca tinha assistido a nenhum dos dois e preferiu falar sobre *Mad Men*. Rick, o socialista gentil, fumegou. *Honestamente*, ele pensou. *É uma regra para eles e outra para o resto...*

Enquanto Rick trabalhava com suas exíguas ferramentas de guerra — seus slides, seus marcadores de quadro, seu cavalete com bloco de notas cheio de post-its azuis —, notou que todo um estilo de vida com aspirações surgia do lado de fora da janela de seu cliente. Era uma sexta-feira à tarde, e para alguns o fim de semana começava mais cedo. Bares espalhados por pátios, e as varandas dos apartamentos em estilo loft, de repente, estavam cheias de moradores tomando prosecco gelado, enquanto cuidavam das crianças que pulavam de prazer na fonte de uma nova praça pública. O chafariz soltava uma cascata cristalina, e seus painéis metálicos refletiam uma infinidade de arcos-íris em meio ao êxtase e ao brilho da inesperada explosão solar da tarde. Batendo os pés descalços na água, um par de jovens amantes se beijava pela primeira vez.

Em volta da praça, os slogans perguntavam: "O que você está pensando agora?", "E se você apenas aproveitasse um momento?", e "A vida não é incrível?!" Um letreiro piscou: "Ria. Maravilhe-se. *Respire*." Em um canto, estava parado um cavalo da polícia, gabando-se de sua orgulhosa musculosidade enquanto seu policial o escovava, acariciava e limpava. Uma pequena multidão de crianças e mães agradecidas havia se reunido para desfrutar aquele momento de bênção.

De volta à sala, os post-its se soltavam com o calor e caíam das paredes. A apresentação de Rick tinha travado em um slide que dizia apenas: "Estratégia: Por quê → Como." Aquele era um slide que Rick havia feito em um momento de insight muito tempo antes, mas que agora olhava para ele, branco e rude.

O sol bateu na sala de maneira desagradável. Rick refletiu que, se tivesse começado a usar uma camisa áspera e engomada criada com o propósito expresso de mostrar o contraste mais acentuado possível entre as áreas não suadas e as totalmente suadas de seu corpo, áreas que naturalmente se espalhavam por baixo dos braços, mas também incluíam uma mancha que crescia na área superior do peito, além de uma faixa vertical linear correndo pelo centro de suas costas... bem, essa teria sido aquela camisa.

Não importa. Um dos clientes reunidos — o Assistente Alguma Coisa Conta Alguma Coisa — estava tendo sua sexta ou sétima epifania daquela hora.

— Acho que o que você está dizendo é que, essencialmente, de certo modo, nossa estratégia deveria, de alguma maneira, ser uma, tipo, *não estratégia*...

Era o jovem, ansioso, o que sempre se esforça demais. Ele já havia tirado Rick de vários becos sem saída naquela tarde, pois, embora não se calasse e não fizesse ideia do que estava dizendo, o resto do grupo se sentia obrigado a respeitar sua contribuição, mesmo que a conversa tivesse divagado e até regredido em várias ocasiões graças a ele.

— Voltando ao que você disse, isso poderia ser *exatamente* o que estou dizendo — falou Rick. Estava mesmo? Ele gostou da ideia do trabalho a ser feito depois do workshop, que envolvia uma não estratégia. Mas só então os sensores dos clientes sintonizados captaram uma microcareta de um acionista mais sênior.

— Ou não? — acrescentou ele, apressadamente. — O que todos acham disso?

Aquilo tinha se transformado em mais uma apresentação clássica de "flop-chart".* Mas, felizmente, era tarde demais, e estava quente demais para que qualquer um se importasse.

Depois, quando saía pelo portão de segurança do cliente, Rick compilou um rápido obituário de si mesmo. *Foi um homem que nasceu, montou alguns móveis de jardim e depois — voltando ao que você disse — morreu.*

Ainda levava em sua pasta o cartão de seu 45º aniversário. Eram muito discretos com aniversários no escritório, e o dele havia caído em um fim de semana naquele ano. Ele encontrara um cartão em sua mesa e decidira ver quanto tempo poderia ficar sem abri-lo. Durante todo o dia, ninguém o mencionou. Quando finalmente olhou, pouco antes da

* **Apresentação flop-chart:** uma apresentação com gráficos bonitos e animações extravagantes para mascarar a ausência de ideias reais ou informações úteis.

hora de voltar para casa, foi para descobrir que apenas três pessoas tinham assinado. Por despeito, apagou seu e-mail de agradecimento para todo o departamento em que falava como estava se ajustando à vida depois dos trinta.

Depois de uma viagem muito demorada para casa, durante a qual teve que lidar com três ligações acaloradas, um texto provocativo e seis e-mails mordazes do chefe, Rick chegou de volta a Londres para descobrir que Paddington ainda estava lá.

Na manhã seguinte, no café da manhã, ele estava taciturno e sombrio. A mente vacilava sem parar à beira da irritabilidade. As crianças o ignoravam.

— Não sei por que você teima em tomar café da manhã com a gente — disse Lorna. — É óbvio que gostaria de estar em outro lugar.

Posso escolher como reagir a essa situação, pensou Rick. Está inteiramente dentro do meu controle. Posso ser agressivo se quiser... Ou ser passivo-agressivo.

Ele levantou a vista, de repente inspirado.

— Então, essa não é uma frase que eu esperava ouvir hoje! — disse. — O que todo mundo acha disso?

VOCÊ ME CONTROLA

Sempre tento jantar fora com a minha equipe de gestão uma vez por trimestre, só para que os funcionários saibam que me importo com eles e que minha porta está sempre aberta. É uma oportunidade para me conhecerem um pouco mais, conhecer o Toby, vislumbrar o que há por trás desse agitador comercial. E, é claro, preciso saber se algum deles está dando sinal de que vai abandonar o navio ou *me foder*.

Se eu estava com medo do jantar, você pode imaginar como Toby se sentia. Depois que ele lembrasse que o compromisso iria acontecer — e que havia prometido aparecer.

Com o maridão, eu teria que recorrer a toda a minha habilidade de encantamento de clientes e de persuasão de vendas. Eu teria que realmente torcer o braço dele para convencê-lo.

— Quero que eles conheçam a pessoa real por trás do grande executivo — falei, enquanto dobrava seu braço para trás.

— Para quê? — zombou ele, esquivando-se da minha tentativa de agarrá-lo pelo ombro. — Já não é ruim o suficiente que você tenha que trabalhar com essas pessoas? Nunca espero que apareça e seja amigável com meus colegas; então, por que merda você acha que eu deveria querer conhecer os seus?

— Eu adoraria conhecer seus colegas, como você bem sabe — respondi, seguindo com uma trava de queixo invertida. — Você nunca me pediu.

— Eu nem sonharia em obrigar você a conhecê-los.

— Você não poderia ao menos se juntar a nós para tomar um drinque antes do jantar, amor? Você disse que estaria no centro hoje de qualquer maneira. Laurent também vai se juntar a nós. Você sabe, aquele por quem você finge não sentir tesão.

— Isso não é verdade! — Ele fez uma pausa.

Ele sente tesão, sim. Quer dizer, todos sentimos.

— Tudo bem — concordou ele, enquanto eu o passava sem problemas de um mata-leão quase completo para um *camel clutch*. — Eu vou. Só que, você sabe.

— O quê?

— Nada.

— O quê?

— Nada.

— Vamos lá. *Não faça isso*, Toby. — Eu o tinha preso em um *cobra clutch* agora.

— Não faça aquilo que você sempre faz.

— Aquilo o quê?

— Quando você desvia toda a atenção para outro lugar.

— Não sei do que você está falando.

— Sim, você sabe. Quando você age como o Alan Cumming, tem que ser o centro de tudo, conta histórias e anedotas e obriga todos a concordar com você, ri das conclusões das piadas antes mesmo de contá-las, e todos já sabem o final, de qualquer maneira...

— Sou uma pessoa com muita energia! E *graças a Deus*. Se fosse por você, teríamos virado adubo há anos.

— O que isso quer dizer? — Ele tinha girado com velocidade surpreendente e me dominava com um mata-leão, o maldito.

— Você é tão desanimado. Fica aí carregando o peso do mundo nos ombros. Encontra um problema para cada coisa positiva. Fica com cara de bunda. Deixando claro que prefere estar em qualquer outro lugar, menos ali. — Ele aplicou um golpe ambicioso, mas prendi sua cabeça entre minhas pernas...

— Espere um pouco aí. Você é quem faz de todos reféns do seu humor. Basta olhar para o seu rosto para eu saber exatamente que tipo de noite vou ter. — Ele se esquivou de mim com um *sidestep* ensaiado e reverteu para um *cross-lock*.

— Talvez você devesse ter a força de caráter para definir sua própria noite.

— Ah, eu tenho. Mas você é como um *buraco negro* conversador. Entra numa sala e é palpável... essa fome desesperada por atenção. Essa necessidade patológica. Posso sentir isso me queimando mesmo se estiver de costas.

Ai. Eu não esperava esse *face-lock* com meu pé preso nas pernas dele.

— Pelo menos ganho algo fazendo isso. Enquanto você só fica ali sentado e minando tudo o que estou fazendo ou dizendo.

— Isso é só brincadeira. Para deixar claro.

— Deixar claro, uma ova. Você tem um carisma bastante negativo.

— Você é um narcisista descarado.

— E você é um miserável de merda.

— Então... Edinburgh Food Studio às 19h30? — Com o meu cadeado semi-invertido eu tinha ganhado, e ele sabia disso.

— Às 20h.

Suspiro. Às vezes acho que a luta livre é a única coisa que temos em comum hoje em dia.

OS CAMINHOS DOS GRANDES AMANTES SE CRUZAM NA ESTAÇÃO VICTORIA

Quais eram as chances? Ele estava a caminho de uma reunião com uma agência de recrutamento na região; ela estava lá para pegar um trem expresso para o aeroporto, de onde voltaria ao Brasil depois de uma semana visitando amigos em Londres. A ideia de que seus caminhos deveriam se cruzar naquele exato momento, depois de todo esse tempo... francamente, não dava para acreditar.

Fazia mais de 31 anos que eles não se viam, desde que ela acenara para ele no aeroporto do Rio. *Tinha que voltar para casa para completar seu treinamento, mas voltaria depois disso, e ficariam noivos*, disse ele. *Ou você poderia ir para Londres e conseguir um emprego lá.*

Nenhuma dessas coisas iria acontecer, ela desconfiava. A relação já não dava certo havia algum tempo. O charme fácil, descontraído dele — tão diferente dos homens que ela conhecera antes —, havia se revelado, em uma inspeção mais profunda, como passividade ciumenta e medrosa. *Ele* achava que ela estava se distanciando porque estava saindo com outra pessoa. Mas ele nunca soube, e ela mesma não tinha total clareza disso, estava entrando em uma depressão severa.

E ainda assim, eles tinham sido grandes amantes, não tinham? Ele se lembrava de tudo como se fosse ontem. Quando se conheceram, quando ele ainda era estudante e estavam *obcecados* um pelo outro. O amor deles iluminou bares e clubes inteiros — mendigos os abordavam na rua e dançavam para ela. Ela *deslumbrava*. Outros homens sempre a notaram também, embora nunca parecessem reparar nele. Ela nunca deixou claro que eram um casal, dizia ele enfurecido.

Quando ela voltou ao seu país, ele prometeu segui-la. Pediu dinheiro emprestado, viajou até lá, encontrou um emprego que detestava, ensinando inglês (outra coisa com a qual ele poderia atacá-la). Ela esperava secretamente que não viesse, mas resolveu fazer uma tentativa quando ele chegou. Mas ele não percebeu que a família precisava dela, e que ela não podia simplesmente ir morar com ele. De qualquer forma, ele disse que não estava pronto para conhecê-los, mas secretamente ficou bravo, pois ela nunca o convidou para ir até sua casa.

Mesmo assim: quantas lembranças! Que noites! Tanta paixão! O tipo de coisa que acontece apenas uma vez na vida. Era isso, pelo menos, que ele contava para todos.

Então, *que tristeza* quando ele ligou de Londres, e ela estava chorando, e disse que não andava nada bem, e não andava mesmo, mas ele não acreditou. E ela acabou dizendo que tinha conhecido alguém, porque era isso o que ele queria ouvir. E ele desligou e nunca mais ligou.

Ele não podia *acreditar* que ela havia feito aquilo.

Ela não podia acreditar que ele não quis *desejar-lhe felicidades*.

Muito tempo depois, mesmo com o passar dos anos, ele ainda era apaixonado por ela. Ele sonhava com ela muitas vezes, fazia comparações impossíveis com outras parceiras potenciais. (*Por que eu iria querer competir com um mito?*, disse uma, que o deixou.) Ela era seu grande amor impossível, sua grande obsessão, sua magnífica agonia anedótica. Em sua mente, ele carregava a dor da ausência dela com um silencioso orgulho estoico. Quando, anos depois, ele descobriu via Facebook que ela estava casada e com filhos, pediu que os amigos saíssem com ele e o consolassem. Eles cumpriram seu dever, mas ele percebeu que ninguém entendia.

Mas agora, incrivelmente, mais de três décadas depois, o grande amor de sua vida caminhava mais uma vez no mesmo terminal de trem que ele. Que destino! Que história — ele poderia contá-la para sempre. E quem sabia aonde ela poderia levar?

Ela se aproximava pela entrada principal, em direção às bilheterias eletrônicas, de onde voltaria para a plataforma 11 e a seu trem para o aeroporto. Ele, por sua vez, tinha entrado pelo lado da estação de ônibus, o que o colocou em um percurso perpendicular ao dela. Seus caminhos se encontrariam num ponto a cerca de dez metros da banca de donuts, onde ela — parando para tirar a passagem da bolsa, e se perguntando em voz alta por que se dera o trabalho de colocá-la ali quando sabia que teria que mostrá-la quase imediatamente — se afastaria para abrir caminho à medida que um homem de terno marrom amarrotado que um dia ela chegou a conhecer, ele mesmo de cabeça baixa e olhando vagamente para frente, passava à sua esquerda.

Ela não tinha pensado muito nele nos anos anteriores. Estava muito mais feliz desde então, e mais triste. Tinha criado uma família, se divorciado, casado de novo, e conseguira acertar desta vez. Ela nem tinha certeza se o reconheceria de novo, para ser sincera. Ele era apenas um dos erros que compõem uma vida, e nem mesmo um dos favoritos.

Ele também tinha se casado, duas vezes, e se divorciado, duas vezes. Ainda a culpava por destruir suas chances com qualquer outra pessoa. Tinha gostado *tanto* dela, dizia às pessoas, que não tinha mais nada para dar. Ela transformara seu coração em uma casca seca. Arruinado toda a vida dele, basicamente.

E foi assim que, quando os caminhos dos grandes amantes se cruzaram naquele dia na estação Victoria, cada um envolvido em seus próprios pensamentos, nenhum deles notou o outro — e nenhum deles jamais saberia como estiveram perto de se encontrar novamente.

Aqui não, sussurraram as bilheterias eletrônicas. *Agora não*, disse a banca de donuts. *Nunca*, disseram as mulheres com faixas roxas dando amostras grátis de uma nova marca de barra de cereal.

ELLA G. NO ADRO DE UMA IGREJA NO INTERIOR

O caminho que sai do chalé segue íngreme por um túnel alto formado por freixos inclinados, e faz a volta pelo cemitério que eles podem ver da janela da sala de estar.

Ele não se lembra muito bem como, mas ele e Ella têm caminhado até ali todas as noites da semana de férias, naquela inquieta e ainda iluminada meia hora antes do jantar que, de outro modo, seria preenchida por TV, malabarismos no sofá ou brigas sobre o acesso ao iPad dos pais. Mamãe fazia o jantar e ele limpava depois: essa era a regra normal das férias.

Uma caminhada àquela pequena e frágil igreja normanda havia sido suficiente para seus outros dois filhos, mas algo na mística sombria dos túmulos e o drama mofado do interior anglicano e escuro tinha conquistado a imaginação mágica de sua filha de sete anos.

A menina — Ella, sua Ella G. — está usando uma calça de veludo cotelê roxa, uma camiseta azul com bolinhas e um casaco vermelho. Nos pés, os confortáveis tênis brancos com velcro; na mão, carrega distraída uma garrafa para fazer bolinhas de sabão. Ela se vestiu especialmente para aquele passeio; essa é sua roupa de ir à igreja.

Eles começam, como sempre, com um passeio pelos túmulos. Ela adora as enormes letras de forma nas lápides, as mensagens pomposas esculpidas em granito maciço. *Em memória amorosa...; Deus esteja com você até nos encontrarmos novamente...; Amado marido, pai, avô, amigo, irmão, tio e professor; "Viver no coração daqueles que ama não é morrer..."*.

— Então esse não está morto, papai?

— O que foi, querida?

— Aqui diz: "não é morrer". Então eles o colocaram ali, mesmo estando vivo... — Os olhos dela piscam com uma espécie de deleite escandalizado. Esses olhos que são a coisa mais viva que ele conhece.

— Bem, ele está morto de certa maneira. — Ele tenta explicar. — É que muitas pessoas realmente o amavam, então ele ainda vive em seus corações.

— Ah! — exclama ela, a mente brilhando com a compreensão instantânea. — Então ele se dividiu em dois, deixou a parte morta aqui e moveu a parte viva para o coração. Bem, para todos os corações. Ele teve que dividir a parte viva muitas vezes.

— Sim, acho que sim. — Ele prefere a explicação dela.

— E o que significa "*reunido*"? — Ela aponta para uma sepultura de duas irmãs, Rosalie e Florence, cuja lápide diz que estavam "reunidas" após a morte da última, com 91 anos e três meses de idade.

— Bem, a primeira irmã estava sozinha até a outra morrer também — diz ele. — Agora elas podem ficar juntas.

— Claro. *Mortas* juntas! — grita ela, de modo pouco gentil.

— Novamente, no coração uma da outra...

— Ah! — Os olhos piscaram. — Então os corpos morrem, mas os corações continuam a viver e estão em todos os túmulos também. — Não foi uma pergunta.

Uma mulher cruza por eles com velocidade surpreendente. É a única outra pessoa que encontraram em todas as caminhadas. Ela fuma um cigarro, o que parece blasfemo para ele. O rosto dela está tomado por lágrimas.

— Por que ela está chorando, papai? — sussurra Ella G.

— Ela está muito triste porque sente falta de alguém que acabou de morrer — responde ele.

— Ela não sabe sobre os corações?

— Acho que sabe. Demora um pouco para se acostumar a não ver a pessoa por perto como antes.

Ella caminha com cuidados exagerados em volta de outras sepulturas. Encontra a seção de crianças. Aqui há cata-ventos para assoprar e ursinhos de pelúcia.

— Olha, Ella, esta pobre menina morreu quando tinha apenas três meses. — Por que ele quer chamar a atenção dela para isso? Mas ele sabe: é o mesmo impulso que o impede de passar por uma escavadeira ou uma carreta sem mostrar para o filho.

— Papai, papai! — grita ela triunfante. — Olha só!

Ele olha para o túmulo minúsculo e as palavras horríveis: *Nosso anjo, que morreu com apenas quinze minutos. "E Ele te segurará na palma de Sua mão."*

— Quem vai segurar? — pergunta Ella, que não pode morrer de jeito nenhum.

— Deus, eu acho. — Ele está envergonhado pela sua falta de dedicação com a resposta.

— Ah. E quem ele está segurando?

— O bebezinho, acho.

— Será que ele segura todos os bebês que morrem?

— Acho que sim.

Ela pensa por alguns instantes.

— Mas está tudo bem — assente ela finalmente. — Porque Deus tem mãos grandes.

Ela é atraída por outra mensagem. *Embora você esteja tão longe, pensamos em você quase todo dia.*

— Papai, papai! Esta é a mesma que a outra.

Ela está certa. É a terceira lápide com essa frase. Talvez, como ele, Ella tenha presumido que as mensagens nas lápides sempre dignificavam os mortos com sua originalidade. Mas agora ele vê que são fórmulas, como frases em cartões de felicitações.

— Quando você vai morrer, papai? — pergunta Ella ternamente.

Ele ri, constrangido. Já teve seus pensamentos sobre a mortalidade, mas agora vê que não aprendeu nada que possa apresentar de maneira sábia para a filha. Ele se lembra da dor apenas como uma nuvem escura que a mente nunca pode abarcar, um muro que se eleva mais alto enquanto se tenta em vão ultrapassá-lo, uma folha A3 que não se dobrará para caber no insignificante envelope A4 do cérebro.

— Vamos entrar? — pergunta ele.

Dentro, tudo é escuro, silencioso e sagrado, escuridão de vitrais. Três grandes fileiras de tubos pretos do órgão brilham em um canto; lâmpadas apagadas pendem de longas cordas dos tetos altos. Ella toma cuidado para não caminhar sobre as lápides desgastadas incrustadas no antigo chão de azulejos.

A igreja cheira a lustra-móveis, flores cortadas e uma espécie de seriedade úmida. Sentindo o cheiro da atmosfera, surge uma frase de uma crítica de cinema estudantil que um dia escreveu: "irremediavelmente bergmanesco".

O livro de visitas, que eles folhearam em sua primeira caminhada, contém a habitual seleção de comentários escritos à mão elogiando o "belo cenário campestre" e o "belo ambiente de oração". Apenas uma mensagem se destaca, e Ella sempre fica encantada em reencontrá-la. Diz simplesmente: "Vigário horrível".

— Por que ele é horrível?

— Talvez ele não deixasse as pessoas cultivarem plantas e flores nos túmulos.

— Ou... — diz ela, refutando a ideia dele. — Ou *ele estava tentando roubar os ursinhos de pelúcia.*

Ella corre pelo interior da igreja, que transformou em território seu. Olha seu reflexo nas placas de latão polido, em homenagem aos almirantes e vereadores mortos. Obsessivamente, limpa as pilhas de hinários e livros de oração no final de cada banco. Abaixa cada um dos genuflexórios de seus ganchos — ou "levantadores", como ela os chamava — e se ajoelha em cada um deles.

E, como sempre, faz os dois subirem os degraus em espiral até o topo do púlpito elevado, onde a mesma partitura fotocopiada encontra-se à espera no púlpito. Ela fica encantada com a letra da canção e o obriga fotografá-la com o celular e cantá-la inteira todas as vezes.

Parece sacrílego estar de pé em um púlpito cantando. *Ele tem as plantas e as criaturas em suas mãos*, várias vezes, no silêncio escuro e intenso da igreja vazia. Mas ele é mais supersticioso com relação a estragar esse momento de comunhão com sua filha, então, canta com uma espécie de gosto reprimido.

Ella, que aprendeu rapidamente a melodia, é menos inibida. Seus cantos alegres ressoam por toda a nave com entusiasmo indecente.

Em uma capela lateral, na saída, Ella vê uma imagem de Cristo, com espinhos realistas enfiados na testa, e as bochechas manchadas com gotas carmesim artificialmente posicionadas. Debaixo da imagem vitoriana estão estas palavras em estridentes letras góticas: *Glória a Deus no Sangue da Cruz.*

— Vamos rezar, papai! — Ele se ajoelha com a filha.

Ela arregala os olhos para aquela imagem extremamente glamorosa, esse vislumbre de conhecimento proibido.

— O que é o Sangue da Cruz, papai?

— Bem, os cristãos acreditavam que Cristo morreu para salvá-los.

— Mas o que é o Sangue da Cruz?

— Ele sangrou quando morreu — diz, hesitante.

— O vigário o matou?

— Não. Isso tudo foi há muito tempo. Alguns homens maus o penduraram numa cruz de madeira e ele morreu.

— O túmulo de Cristo está lá fora com os outros, papai?

— Não — diz, aliviado por conta de a mente inconstante dela ter saltado a parte cruel. — Na verdade, ele voltou dos mortos e começou a viver novamente.

— Quer dizer, como o *Astro Boy*?

Tinham assistido ao filme na noite anterior, um conto baseado em mangá de um pai que traz seu filho de volta dos mortos na forma de uma réplica robótica.

— *Exatamente.*

Quando eles voltam ao cemitério, o céu começa a escurecer. A mulher ainda está lá, olhando para a mesma sepultura, com a ponta do cigarro brilhando, ainda chorando silenciosamente.

— Os fantasmas podem descer às suas sepulturas e ver seus próprios corpos como no *Doctor Who*?

Ele olha para a filha, que está fazendo uma pulseira com flores de um buquê abandonado em um túmulo. Ele a trouxe para um mundo no qual ela iria morrer. Deseja de todo o coração que as coisas não fossem desse jeito, ou que ele pudesse explicar, ou pelo menos pedir desculpas a ela.

— Pronta para comer umas linguiças? — pergunta.

NOTIFICAÇÃO DE *RECALL* DE PRODUTO

Categoria: Saúde e bem-estar

Nome do produto: *Melhores Anos da Minha Vida®*

Marca: Da Penny

Número do modelo: DOB06121956

Data do *recall*: Imediatamente.

Descrição do produto: A marca Da Penny deseja fazer um *recall* de seu produto *Melhores Anos da Minha Vida®*, que, desde seu lançamento no mercado, em 1956, tem sido amplamente fornecido pela proprietária Penny Jennings a vários parceiros, crianças e empregos. Ele é claramente defeituoso, pois todos esses grupos desperdiçaram o amor e o cuidado que eram parte integrante da funcionalidade do produto para seus próprios fins egoístas. A dona do produto ficou se perguntando qual era o objetivo de tudo aquilo e deseja fazer um *recall* de seu tempo para que possa recomeçar com um grupo de pessoas mais simpáticas.

Detalhe: O marido nº 1 se escafedeu ao primeiro sinal de uma fralda, deixando-a para criar os gêmeos sozinha. O companheiro Bob (que não quis se casar, com o argumento de que "não precisamos de um dia especial para dizer um ao outro como nos sentimos") manteve ela e as crianças em suspense por doze anos com suas aparições e sumiços antes de anunciar "eu só preciso de um tempo sozinho". (De acordo com posts recentes no Facebook, ele agora está casado com uma dentista no Canadá que tem cinco filhos de um casamento anterior. Cuidado com o que você deseja, Bob!)

O marido nº 2, Jean-Luc, foi promissor por um breve momento, e as coisas poderiam ter progredido se não fosse a insistência obstinada de Penny de que Jean-Luc deveria ter se divorciado da esposa nº 1 antes da cerimônia rápida e da lua de mel em Barbados. *Pode me chamar de antiquada*, disse ela quando descobriu, *mas sempre tive problema com a bigamia*. Ela nunca conseguiu reaver todo o dinheiro que gastou no cartão de crédito.

Na área profissional, *Melhores Anos da Minha Vida®* foi fornecido exclusivamente, por 27 anos, para o mesmo negócio de centros de jardinagem. Mas, apesar de demonstrar grande paixão e conhecimento, ser adorada pelos clientes e de abrir sozinha um serviço de entrega e comércio eletrônico bem-sucedidos, Penny foi repetidamente ignorada nas promoções em favor de Gareth, um pirralho burro e fedorento cuja única vantagem sobre ela era ser o filho do chefe.

Quanto aos gêmeos de Penny, Tom entra em contato umas duas vezes por ano (em geral quando precisa de dinheiro); Stacey, por outro lado, visita o tempo todo, tendo chantageado Penny para trabalhar como babá não remunerada para a neta Katya (a única coisa boa e pura a ter saído de tudo isso).

Outros produtos potencialmente afetados: Autoestima da Penny®, Saldo Bancário da Penny®, Níveis de Energia da Penny®, Fé na Humanidade da Penny® etc.

Risco: Se você foi um consumidor mal-agradecido dos Melhores Anos da Minha Vida® em algum momento, há um pequeno risco de precisar enfrentar algumas perguntas difíceis da proprietária do produto. Coisas como: "Já lhe ocorreu pensar em alguém além de si mesmo?"; "Por acaso tenho 'idiota' tatuado na testa?"; ou "Onde está o meu dinheiro, seu conquistador barato?"

Próximos passos: Na ausência de uma máquina do tempo ou de um desconto cármico em pérolas desperdiçadas aos porcos, sugere-se aos clientes que o melhor que podem fazer é, provavelmente, deixar a Penny em paz. Ou, se você não puder fazer isso, tente ser um pouco mais atencioso no futuro. E se isso não for pedir demais, Penny sempre adorou chocolate com passas e amêndoas.

MIGALHAS

O bolo ocupava um lugar de honra na geladeira, uma confecção ornamentada de bolas brilhantes, coberturas de chocolate, confeitos de açúcar e biscoitos de gengibre na forma de astronautas de prata comestíveis. Não chegava a ser do mesmo padrão do programa *Bake Off*, mas tinha certo charme para alguém de sete anos de idade, e era melhor do que qualquer coisa que ele poderia ter feito, como criança ou adulto.

Mamãe tinha ajudado Lilly na decoração e no cozimento, canalizando a imaginação da filha para uma visão realizável. O tema da competição era Espaço Sideral. O prêmio era um kit de confeitaria, algo que Lilly queria muito. Ele havia sugerido uma recriação do pouso na lua, talvez uma brincadeira com a teoria da conspiração popular de que isso nunca havia acontecido. Para sua surpresa, elas tinham escolhido isso como tema, embora a nave tivesse sido muito trabalhosa, e a ideia da falsa aterrissagem tivesse se mostrado algo realista demais para um meio que — como bordados ou as primeiras imagens de computador — só poderia aspirar a um realismo muito aproximado.

A cozinha estava uma bagunça quando terminaram. O rosto de Lilly estava manchado de açúcar de confeiteiro e chocolate, e havia poças de claras de ovo e montículos de farinha por toda parte — emblemas de um tempo feliz, de convivência com a mãe e de um trabalho bem-feito.

O bolo foi levado com grande cerimônia para uma prateleira da geladeira especialmente esvaziada para ele. A mãe montou a linda caixa em que o bolo seria colocado na manhã seguinte. Ele tinha apenas um trabalho: levar o bolo até a mesa no salão antes do início das aulas, onde seria julgado junto com todos os outros participantes.

Tudo bem!, disse ele naquela noite, de sua cadeira na frente do computador. *Deixe comigo.* Ele chegava ao escritório mais tarde nas terças-feiras, depois de deixar as crianças na escola. Mas primeiro teria que trabalhar até tarde da noite, para acabar a apresentação. Estava quase pronta, mas ele tinha recebido alguns acréscimos finais de Tim e Chloe. Ambos eram complementos úteis, mas tudo ainda não estava coerente; ninguém se dera o trabalho de atar todos os fios da apresentação como um argumento lógico integrado, que levaria a uma conclusão poderosa e inescapável: *Contrate-nos!*

A noite não foi fácil. Jake, o mais novo, levantou-se três vezes reclamando de dores nos ouvidos, e isso acordou a irmã. Lilly subiu na cama com eles em algum momento da madrugada, e repetidamente tirou o sono deles falando enquanto dormia e com seu sonambulismo. A mãe tinha que se levantar às terças-feiras às cinco e meia da manhã, e o alarme dela causou um choque na consciência dele no exato momento, ou assim parecia, em que finalmente tinha atingido o sono profundo que vinha tentando alcançar durante toda a noite.

— Quando me levanto, faço questão de estar com meus filhos. Eu os preparo para a escola e estou *presente*. O trabalho pode esperar.

Assim disse em uma entrevista recente a CEO de uma empresa de tecnologia em fase inicial de rápido crescimento, que estava entrando em fase de hipercrescimento e tinha sido rotulada pelos analistas como um unicórnio em potencial. A CEO prosseguiu: "Se eu verificar meu e-mail antes de falar com meus filhos pela manhã, eles *percebem*." Era a mesma empresa que sua apresentação queria conquistar.

Aquela era uma ideia maravilhosa e que valia a pena tentar. Um dia. Mas ele tinha ficado acordado até quase duas da manhã, trabalhando na apresentação até ficar satisfeito. Embora naquele momento seus globos oculares estivessem derretendo, e ele teria ficado grato se ainda conseguisse se concentrar nos detalhes, para não falar na apresentação como um todo, tinha ido para a cama com uma sensação tranquila de grande realização. Seu bolo de trabalho pessoal estava no forno, e ele tinha uma leve suspeita de que poderia ganhar o prêmio aquela semana. Se houvesse algum feedback antecipado, ele queria saber.

Foi tropeçando até a cozinha e iniciou os rituais do café da manhã e da preparação para a escola. De vez em quando, gritava frases grogues, incitando os filhos a acordar, descer as escadas, vir comer. A mãe tinha colado bilhetes úteis com mensagens como "Não esqueça os óculos de natação da Lilly", e "Pergunte à srta. Hankey se Jake pode passar para o próximo nível de leitura". Os bilhetes o envergonhavam porque (a) faziam com que ele se sentisse um coitado que não conseguia organizar as coisas básicas da família sozinho, e (b) ele dependia totalmente deles para a hora e meia seguinte.

Muitos dos movimentos eram tão familiares que ele podia fazê-los, como agora, meio dormindo. O feijão, no micro-ondas. Pães, na torradeira. Maçãs cortadas. Sapatos aos pares, na porta. Esvaziar e tornar a encher a lavadora de louça. Bebidas — leite quente para um, frio para o outro. Mingau de aveia, cereais, uma fatia de frango.

Depois foi a briga para vesti-los e tirá-los de casa a tempo. Ele usava um sistema chamado Cinco Grandes: Cabelo, Dentes, Mochila, Sapatos, Casaco. "Qual dos seus Cinco Grandes você ainda não fez?" Na verdade, deveriam ser Seis Grandes, porque Vestir-se também precisava contar, e essa era muitas vezes a mais difícil de todas as tarefas.

Fazer com que eles subam as escadas. Fazê-los se concentrar em suas roupas, em vez de ir reconstruir os trilhos do Ferrorama (ele) ou reorganizar seus bichinhos de pelúcia (ela). Não que tivessem algo específico que preferissem fazer, embora estivessem sempre prontos para qualquer coisa que envolvesse uma tela. O fato era que eles prefeririam fazer qualquer coisa que não a única que deveriam realmente fazer. Inevitavelmente, haveria lágrimas e gritos. As crianças nem sempre se comportavam muito bem.

No meio de tudo isso, seu telefone vibrou no bolso do roupão. Era um roupão roxo e felpudo da esposa que ele sempre usava; ele só se arrumava para o trabalho depois que as crianças estivessem todas prontas e na frente da televisão. Ele não deveria verificar seu telefone; haveria muito tempo para tudo isso depois. Lembre-se do que a CEO disse. E ela era uma *CEO*.

Ele foi ver a mensagem. Era do Dom, que era sempre bem direto e sincero. Já percebia pela linha de assunto — "Urgente: Grandes preocupações com a apresentação" — que ele não estava na fila para receber um aperto de mão especial. Sentou-se na beira da cama, esquecendo as brigas crescentes que vinham do quarto das crianças, ao lado.

Dom estava preocupado com a apresentação. A coisa estava indo muito mal. Visualmente, era um clichê. Era muito longa. Não dizia nada que não pudesse ter sido dito — e provavelmente muito melhor — por qualquer um dos concorrentes. Era repetitiva. Havia lacunas na lógica. E nos pontos em que não era ilógica, era *banal*. Como resultado, Dom precisava que todos largassem tudo o que estavam fazendo e se reunissem às dez da manhã, quando papéis e tarefas seriam atribuídos para consertar aquela bagunça.

Ouviam-se uivos de dor e raiva da porta ao lado, mas ele não os escutou.

Foi até o PC, abriu o e-mail e começou a esboçar uma resposta furiosa. Tinha ficado muito surpreso com a mensagem de Dom, e começou a escrever a mensagem com uma suavidade enganosa. Ele havia se esforçado muito na apresentação, a um grande custo pessoal, e defendia o que havia feito. Acreditava que o cliente ficaria impressionado com a destreza da argumentação e iria discernir, ao contrário de Dom, as nuances sutis da apresentação, e como cada parte dela respondia a um ponto específico do briefing, e também demonstrava, consequentemente, como cada um de seus principais concorrentes não estaria tão bem colocado para atender às suas exigências. Será que Dom conseguia entender o que o cliente queria? Será que estava mesmo olhando para a versão certa da apresentação? Estaria Dom afinal determinado a continuar sendo um idiota irritante?

Um grito emanou do andar de cima, dessa vez alto demais para ele ignorar. Ele saiu do PC. Aquele e-mail ele nunca enviaria. Além disso, eram 8h47.

8h47! *Merda.* Ele correu para cima, separou os filhos e começou a pentear os cabelos, escovar os dentes e enfiar as calças com a energia da violência recém-reprimida. Arrastou as crianças para dentro do carro, e já tinham descido metade da ladeira antes de Lilly lembrar que tinham esquecido o bolo.

Xingando silenciosa, mas intensamente, fez uma bela curva cinematográfica e virou o carro de volta ao quarteirão de casa. Estacionou no meio da rua, entrou correndo, enfiou o bolo na caixa, pegou seu laptop e sua pasta de trabalho — que descobriu que também havia esquecido — e saiu rápido, muito mais rápido do que era permitido dirigir nas ruas ao redor de sua casa.

No fundo da colina, a curva para a direita era aquela em que dava para se inclinar sem diminuir a velocidade da bicicleta; ele tentou fazer a mesma coisa com o carro, mas foi forçado a frear quando uma van surgiu de repente pela esquerda. As crianças se inclinaram para a frente, dobrando-se com muita força por uma fração de segundo sobre os cintos de segurança. E a bolsa plástica com a caixa e o bolo voou para fora do banco da frente e rolou para cima e para baixo no chão do carro.

Na frente da escola, ele dirigia o carro de maneira desajeitada, passando por pais que já tinham deixado seus filhos, e entrando e saindo de ruas transversais, em busca de uma vaga para estacionar. Mas todos as vagas — até mesmo as que ficavam nos lugares mais arriscados, em áreas privativas e em entradas só para moradores — estavam tomadas. No fim das contas, restou-lhe estacionar a minivan na rua mais próxima, em frente à entrada de um homem que havia gritado com ele na semana anterior por estacionar ali.

Depois veio a Vergonhosa e Suada Corrida Sem Fôlego, subindo o caminho para a escola passando por pais mais convencidos de que tinham se organizado melhor naquela manhã — e sem dúvida, todas as manhãs, os filhos da puta presunçosos — para levar os filhos às aulas na hora. Quando Jake foi deixado na sala, depois de bater desesperadamente na porta de vidro — e depois que ele tinha até se lembrado de perguntar sobre o nível de leitura de Jake, embora não se lembrasse agora qual tinha sido a resposta da srta. Hankey —, ele e Lilly deram uma volta frenética até o salão da escola.

A senhora que era a guarda de trânsito da escola — uma figura muito querida que trabalhava lá havia muitos anos e gozava de um estatuto de subcelebridade na comunidade local — tinha concordado em julgar os bolos. Prazo para os bolos: nove da manhã. Hora atual: 9h12. Mas deveria haver um período de tolerância. Havia sempre a porra de um período de tolerância. Com certeza! A senhora do escritório sorriu para Lilly e abriu um espaço para seu bolo. O pai dela abriu a caixa e inspecionou o conteúdo.

Era uma devastação total. Um astronauta tinha sido decapitado; o outro estava quebrado em três pedaços, todos agora enfiados em ângulos incômodos na lama marrom açucarada. O carro lunar de chocolate, cuidadosamente esculpido, tinha grudado no interior da tampa da caixa. As estrelas decorativas, as bolas e os planetas haviam caído ou ficado grudados em lugares errados, de modo que nenhuma das constelações que mamãe e Lilly haviam passado tanto tempo recriando podia ser vista. A artística cratera também não funcionava mais, não agora que o bolo todo era uma cratera.

Ou melhor, bolos. Ele arrancou os quatro pedaços principais em que o bolo se partira, e tentou arrumá-los num padrão. Em seguida, adicionou as peças menores em volta deles em uma órbita de asteroides. Então, por falta de algo mais para fazer, derramou a espessa camada de migalhas do fundo da caixa sobre os restos do bolo da filha para a competição temática do Espaço Sideral.

Ao lado de seu ex-bolo, os outros bolos eram provas extraordinárias das várias horas da terna arte da cozinha. Havia um bolo de galáxia sobre o qual havia planetas feitos de suspiro — todos em escala, e decorados de acordo com o conhecimento astronômico atual da respectiva superfície de cada corpo celeste — girando em torno de um sol de marzipã. Havia uma intrincada nave espacial no meio do lançamento, cujas grandes nuvens de fumaça eram maravilhosos bolinhos. Alguém tinha criado uma engenhosa praia espacial com a ajuda de pipocas, cereais e quebra-queixo esfarelado. Havia um foguete gigante feito com cinco cores diferentes de pão de ló, e outra maravilha marmorizada que recriava aquela famosa foto do mundo visto do espaço.

Em resumo, havia evidências por toda parte de mães e pais que se preocupavam o suficiente com seus filhos para levar seus bolos para a escola sem que eles se despedaçassem. Ele sentiu uma súbita pontada de ódio do Dom, e outra da animada guarda de trânsito.

Ele se perguntava o que seria pior: o olhar de piedade na cara da secretária da escola? A briga com o homem da casa em que tinha estacionado? A percepção de que ainda estava usando suas calças de pijama? Mas, na verdade, não havia competição. O rosto de sua filha — no qual a noite escura da extrema decepção já estava se transformando no amanhecer de uma expressão de perdão quase cósmico — ganhou facilmente aquele prêmio.

O DEUS SOL FURIOSO

— Onde está o Ônibus de Dinossauro Roxo, papai?

— Tive que levá-lo para consertar, querido. Você quer um salgadinho?

Era terça-feira, feriado escolar, meu dia de folga no supermercado, e estávamos no ônibus para Thornhurst. Lá havia um parquinho decente e uma piscina com escorregas, e era um dos lugares preferidos do Alfie. Íamos muitas vezes nos fins de semana na minha van — presumo que isso, no país onde moro, seja o equivalente às idas ao zoológico de pais divorciados e seus filhos. Seguido por uma ida ao McDonald's, obviamente.

Fazia tempo que não andava de ônibus, mas percebi que poderia ser a primeira viagem de muitas. Eu não só estava sem a carteira de motorista, como ainda não tinha recuperado a minha van. E mesmo se eu a recuperasse, duvido de que alguma vez pudesse dirigi-la novamente.

Subir até o andar superior do ônibus me fez voltar aos velhos tempos em que eu pegava essa mesma linha de ônibus para ir à escola com meus amigos. Ao sentar na frente perto daquela coisa engraçada que parece um periscópio, dava para olhar para baixo e ver o topo da cabeça do motorista. As árvores batiam no telhado e roçavam as laterais enquanto percorríamos as ruas arborizadas. E as nozes duras acabavam fazendo algumas coisas nos fundos do ônibus pegarem fogo. Lembrei-me da vez em que abri minha mochila estranhamente pesada e descobri que Jacko tinha colocado um caranguejo grande e ainda vivo dentro dela.

Naquela manhã Janine me beijou pela primeira vez na frente de todos, sua maneira de dizer ao mundo (e a mim) que éramos um casal. Meu amor da infância — agora, minha ex-esposa.

No playground, Alfie entrou correndo, arrancando os sapatos enquanto corria para o castelo mais próximo. Normalmente essa seria uma ótima chance para pegar um cappuccino e começar a mexer no meu celular. Mas eu não queria ficar sozinho, então também tirei meus tênis e o segui.

Eu me esquivo dos sacos de pancada, pulo sobre os degraus de vinil e me inclino para passar por uma seção escura decorada para o dia das bruxas. Meu objetivo é alcançar Alfie no meio da ponte de corda, para que possamos subir os degraus e saltar juntos pelo miniescorregador da morte. Uma canção gruda na minha cabeça:

Garota distante, chorando na chuva
Garota distante, sozinha com sua dor

Eu tinha esquecido os cilindros. Para entrar na área mais alta e central do parquinho, é preciso deslizar lateralmente todo o corpo por entre dois cilindros gigantes. Para uma criança, isso é fácil. Mas, quando se é um adulto, você se sente como se fosse quebrar as costelas e esmagar todos os órgãos internos. Ou, pior, pode-se ficar preso, especialmente se houver uma curva acentuada logo após os cilindros, que foi o que aconteceu com a mãe da Janine uma vez. Todos simplesmente ficamos rindo enquanto ela tinha um ataque de pânico.

Ao fazer essas manobras, é impossível não se aproximar dos filhos de outras pessoas. A maioria deles nos ignora, mas às vezes você se depara com uma criança meio babaca, querendo saber o que está fazendo no território delas. Lá vem uma.

— Esta é uma zona de guerra!!! — grita ele. — SAIA AGORA!

Não há nada de brincadeira em sua expressão. Ele é como um oficial de justiça ou um leão de chácara, com o olhar maldoso e presunçoso de um valentão cujo emprego permite que ele dê vazão à sua agressão natural.

— SAIA DO CAMINHO!

Ele é um pequeno Malfoy, de Harry Potter, com cabelos loiros e uma espécie de rosnado permanente no lábio superior. Conheço o suficiente sobre roupas de crianças para saber que as vestes dele não são de segunda mão.

Mas estou preso. Entrei nos cilindros em um ângulo, e meu tornozelo não vai girar o suficiente para me libertar.

— SAIA! — grita ele de novo, o rosto tomado pela raiva. Os valentões riquinhos são os piores.

— Você é muito malcriado — começo, mas minha voz está embargada, e meus olhos estão lacrimejando.

Percebendo a fraqueza, ele se aproxima e começa a atacar minha cabeça e meu rosto com as bolas de plástico ocas da piscina. Protejo minha cabeça com os braços, e fico deitado lá enquanto as bolas chovem sobre mim. Outros garotos se juntam a ele.

Fico ali deitado e não penso em nada. Quero que eles continuem jogando.

Depois, ouço uma pequena voz assustada:

— *Deixe meu pai em paz!* — É a voz de Alfie, assustada e aguda, a alguns metros de distância.

Eu me levanto para ver o rosto do meu filho de cinco anos me olhando através de uma malha plástica. O pai dele está sofrendo bullying de uma gangue de crianças de oito anos e ele está aterrorizado, tanto por mim quanto por si mesmo. Mas ele não vai me abandonar.

O rosto do meu filho é horrível de ver. Percebo que ele está tremendo. Seu rosto está marcado pelas lágrimas (como o meu), e sei como seu coração está batendo forte. Ele não ousa se aproximar dos garotos maiores, mas também não suporta abandonar o pai no campo de batalha.

Luto para me livrar do cilindro, evitar as bolas — que realmente machucam, sendo jogadas à queima-roupa pelos babaquinhas com uma força surpreendente — e escapar da zona de guerra para a beira da passarela de corda, onde Alfie se agacha em meio às ruínas de seu fim de semana.

Eu o abraço forte e peço desculpas repetidas vezes.

Não posso me perdoar. Ninguém pode ser corajoso a menos que sinta medo, como Alfie e eu sabemos por *O rei leão*. Mas graças ao seu pai, ele teve que descobrir isso da maneira mais difícil.

Tenho uma crença boba sobre a água: acredito que ela *purga* assim como limpa, que cura o espírito assim como alivia o corpo. Suponho que isso remonte a todos aqueles batizados de que participei quando menino, todos aqueles bebês gritando enquanto o jorro de água salpica sua testa. Isso sem falar de todas as jarras de água que vi derramadas em cálices, todas aquelas leituras sobre banhos no rio Jordão, água que se transforma em vinho etc.

E quando ele saiu da água, imediatamente viu o céu se abrir e o Espírito descer sobre ele como uma pomba. Tudo isso.

Depois que meu pai morreu eu ia nadar o tempo todo — até consegui que minha mãe viesse comigo algumas vezes —, e isso realmente nos ajudou a passar por aqueles primeiros dias. Então, depois do estrago no parquinho — e com tudo o que aconteceu —, eu estava ansioso para ir até as águas de Thornhurst com o Alfie.

Mas a piscina das crianças estava tão lotada que acabamos entrando na parte rasa da dos adultos, algo que nenhum de nós estava interessado em fazer, pois parecia que estava uns vinte graus mais fria. Alfie tinha suas boias de braço da Patrulha Canina, além da ajuda adicional de um flutuador de espuma verde fluorescente amarrado na barriga.

Será um bom nadador; suas aulas estão começando a valer a pena. Ele tem uma pernada forte e está apenas começando a entender que pode controlar a direção em que nada na água. Nós nadamos para cima e para baixo, eu puxando-o pelos braços, encorajando-o a bater forte os pés, fazendo remos de suas mãos para cruzar a água. Ele dá alguns saltos da lateral, apontando seu pequeno corpo esticado diretamente para a minha cabeça. Depois, consegui que ele tentasse nadar de costas.

Então, um homem se inclinou na beira da piscina e empurrou minha cabeça.

Meu pé escorregou, perdi o controle do Alfie e escorreguei debaixo d'água. Por um segundo olhei para cima e vi todas as pernas acima de mim se mexendo, todos aqueles pequenos corpos flutuando naquela precária maré.

Todos os pés chutando para continuarem vivos.

Voltei para a superfície, pronto para vasculhar a piscina em pânico por causa do Alfie. Mas ele estava ali mesmo, balançando-se, o olhar aterrorizado em seu rosto novamente. Eu me virei para o homem, preparando-me para mais.

Mas ele tinha perdido todo o interesse em mim. Estava ocupado, guiando um menino, sem dúvida seu próprio filho, para a segurança. O menino estava engasgando com a água, em pânico e quase submerso, mas no aperto dos corpos ninguém havia notado essa pequena tragédia em potencial, e tínhamos nos posicionado entre o homem e o menino que ele estava tentando salvar. Fiquei observando imóvel quando finalmente ele o arrancou para fora da piscina, em segurança.

Agora com o menino a salvo, o homem virou-se para mim novamente.

— Ia deixá-lo se afogar, não é, seu merda? — disse ele, enquanto levava o garoto até a mãe que o esperava, chorando.

— Eu não sabia... — tentei dizer. — Ele apenas...

Mas ele nem me olhou mais. Observei seu tronco forte e a tatuagem gigante de um sol que se estendia de um lado ao outro de suas costas largas. Em sua perfeição esculpida, sua raiva, seu desdém, seu heroísmo, ele era como um deus. Um deus a quem eu tinha desagradado. Agora eu podia sentir outros olhos, voltados para mim da piscina. E, naquele momento, todo o objetivo e o prazer da nossa viagem até as águas curativas da piscina foram destruídos.

Uma tatuagem de sol. Um clarão escarlate. Um clique. Um cachorro salsicha. Um cordão de isolamento policial. Buquês embrulhados em papel-celofane.

Eu só queria sair da piscina, e não queria encontrar o Homem Sol de novo. Então, ficamos um pouco mais na água, mesmo sem vontade, passamos muito tempo no chuveiro, e ainda mais tempo trocando de roupa no nosso cubículo.

Alfie queria outro biscoito da máquina automática na saída. Eles custam 75 centavos, mas eu não tinha dinheiro trocado. Quando estávamos parados ao lado da máquina, uma garota de roupa de corrida colocou 75 centavos na máquina. Alfie pressionou instantaneamente o código do seu biscoito.

— Isso não era para você! — gritei. — Jesus Cristo! Nem tudo no mundo é para você! Peça desculpas!!

Eu estava quase histérico. A única coisa que me alegra — e isso é uma puta vantagem — é que consegui não dizer "toda porra do mundo". *Acho.*

— Está tudo bem. Pode ficar com eles — disse a menina, que estava menos preocupada com os 75 centavos e mais assustada com o que eu faria com meu filho em seguida. Alfie estava tremendo em silêncio, lutando com todas as forças para não chorar.

Pedi desculpas pelo que havia acontecido várias vezes, insisti para que ela esperasse enquanto eu ia à recepção, trocava uma nota de dez e devolvia o dinheiro. Mas era muito óbvio para nós dois que eu não estava pedindo desculpas pelo que o Alfie tinha feito.

Tudo isso tinha eliminado o Homem Sol da minha cabeça. Mas então o véu do pavor caiu novamente sobre mim, e eu me dirigia furtivamente para o ponto de ônibus, seguido a uma curta distância pelo meu filho, que ficara calado desde então e agora estava sentado no banco de plástico vermelho do ponto de ônibus com um biscoito na ponta de cada um dos dedos.

— Papai — disse ele, chupando pensativamente um de seus anéis, sabor original de batata frita.

— O que foi?

— O que aconteceu com aquela garotinha?

— Qual garotinha? — Fiz pressão com o nariz para tentar me livrar da dor no ouvido.

— Aquela que você atropelou com sua van.

Meus olhos ardem, e meus ouvidos ainda doem. Um carro passa, devagar o suficiente para eu ver o Homem Sol no banco do passageiro, olhando para a frente.

O RECURSO

— Então, como você descreveria sua esposa?

— Ah, ela é legal. Se você gosta desse tipo de coisa.

— Só isso? — disse a Inspetora da Confederação Global, uma mulher brusca, rápida, que se sentou entre dois assistentes masculinos silenciosos e muito mais baixos, diante de uma fila de telas planas. — Ela teve um desempenho excepcional em todos os nossos testes de elegibilidade e exercícios de triagem. Tem o percentual mais alto para QE, QI, raciocínio verbal, lógica, cognição, aptidão física, mecânica aplicada...

— Mecânica aplicada? — zombou ele. — Ela nem sabe onde colocar a água no carro.

— Ela será um membro da equipe da missão muito eficaz, por todos os índices preditivos e psicométricos disponíveis.

— Dependendo da luz... — disse ele, avisando. — E se parece com Lennie, o Leão. É o cabelo.

Ele havia escrito confidencialmente à Comissão de Apelações, dizendo que tinha fortes razões para que sua esposa fosse retirada da missão a Marte. Mas sabia pela falta de expressão no rosto da inspetora que seus argumentos não tinham convencido.

— Ela tem relações estranhamente íntimas com os cactos — continuou ele. — Alguns deles são mais antigos do que o nosso casamento.

A esposa não sabia que ele tinha escrito. Ela contou que não queria mesmo ir, mas tinha um sentido de dever tão forte que nunca voltaria atrás em um compromisso. Era uma otimista também: acreditava em toda a papagaiada que eles haviam dito sobre aquilo ser um Passo Ousado Rumo ao Progresso.

A inspetora tocou uma tela.

— Sim. Ficamos impressionados com as evidentes habilidades de horticultura. Além das inúmeras outras competências, é claro.

— Ela fala com as abobrinhas! Toma decisões importantes na vida consultando um aplicativo meteorológico!

Ele suspeitava de que ela estivesse secretamente entusiasmada com a ideia de ser uma Pioneira Planetária. O que não conseguia suportar era o pensamento de que ela poderia secretamente querer passar um tempo longe dele.

— Esse tipo de vigilância meteorológica será uma habilidade vital para a vida em Marte — disse a inspetora secamente. — Embora tenhamos estabilizado a atmosfera dentro da biocolônia, o microclima artificial permanece em desacordo com o sistema climático predominante, e as condições podem nem sempre ser acolhedoras.

— Ela precisa de um homem para destrinchar um frango! É viciada em filmes sanguinolentos cujas cenas ela não tem estômago para assistir! Não consegue olhar para uma cama sem insistir em trocar os lençóis!

— Você vai nos contar sobre as profundezas obscuras da bolsa dela em seguida?

— Vou! Ninguém sabe que criaturas vis se escondem ali! — Ele parou, assustado. — Mas como você poderia saber isso?

— Ah, você ficaria surpreso com a frequência com que os maridos mencionam a bolsa neste momento da conversa — disse a inspetora, com um toque de complacência. — Mas realmente não entendo a sua atitude. Sua esposa foi selecionada para ajudar a humanidade a se estabelecer em um novo planeta, e ela aceitou por livre e espontânea vontade. Trabalhando com todos os nossos bravos Pioneiros Planetários, ela vai ajudar a nossa raça a começar uma nova vida em um novo mundo. Você deveria estar muito orgulhoso!

— Ela fica parecendo um homem quando usa brincos — resmungou ele.

— Realmente não consigo ver o problema — suspirou a inspetora. — Vocês nem têm filhos. O que, é claro, é outra grande vantagem.

Ele olhou para o chão.

— E não é como se a estivéssemos levando-a embora *para sempre*, não é?

Não era? Desde que começaram as colônias piloto em Marte, o tempo que levava para chegar foi diminuindo, de anos a meses, e, agora, semanas, disseram eles. Mas por que ninguém parecia nunca mais voltar?

— Se você a acordar à noite... — disse ele, com nova inspiração. — Ela pode ficar *bastante violenta.*

— Ah, *já chega* — interrompeu a inspetora da Confederação Global, jogando sua caneta na mesa.

A mente dele estava rodopiando. Mesmo que conseguisse resumir o que ela significava para ele, como havia fracassado em fazer em todos os cartões nas datas de casamento ou de aniversário que tentou escrever para ela, isso simplesmente não os faria querê-la ainda mais?

— Ela gosta de entrar e sair de carros estacionados! Gosta de música country e western!! *Ela só come curry de colher!*

Sem resposta.

— Fica superestressada sempre que precisa fazer uma apresentação no trabalho — continuou. — Sempre diz que nunca vai conseguir.

A inspetora da Confederação Global se inclinou para a frente de repente.

— E depois, o que acontece?

Ele suspirou desamparado.

— Ela desenvolve mais um trabalho incrível, com vários dias de antecedência, e arrebenta com sua inteligência.

— Entendo.

Ele se sentiu exausto de repente, como todos diziam que seu planeta estava. Toda a humanidade provavelmente precisaria migrar para Marte em algum momento, dizia a Confederação Global. Muita coisa ruim tinha acontecido na Terra, demasiados recursos haviam sido desperdiçados, e existiam muitas questões geopolíticas mal resolvidas. Essa era uma chance de recomeçar, de ter uma vida nova, dar um Salto Ousado Rumo ao Progresso para todos. E é claro que eles queriam mandar primeiro as melhores pessoas, os Pioneiros Planetários, para preparar as coisas para os outros.

Porém — e esta era a outra pergunta que o incomodava —, o que os impediria de levantar "acidentalmente" a ponte levadiça espacial, deixando ele e o resto dos perdedores para trás? Como naquele livro do Douglas Adams.

— Ela vai dizer que não quer batatas fritas — disse ele, com uma malícia tranquila. — E então vai roubar as suas.

— Maravilhoso! — disse a inspetora da Confederação Global. — Frugalidade *e* iniciativa.

— Ela rói as unhas dos pés.

— Talentosa!

Ele estava desesperado.

— Ela tem o tipo de alma compassiva que faz você querer ser uma pessoa melhor! Seu rosto críptico tem uma espécie de nobreza perplexa que te faz querer pegá-la em seus braços e apertá-la para sempre!

A inspetora da Confederação Global também pareceu perplexa.

— Pensei que você estivesse tentando me convencer a não mandá-la para Marte...

— Estou — suspirou ele. — Mas não consigo pensar em nada de ruim para dizer sobre ela.

— Ela certamente parece ser... uma pessoa muito especial — falou a inspetora. — É por isso que a selecionamos. Como digo, ela será um membro muito eficaz para a equipe. É uma grande honra.

— Ela não é *eficaz* — respondeu ele, mesmo sem querer. — Ela é *tudo*.

— Excelente! — sorriu a inspetora da Confederação Global, batendo na tela alegremente. — Nós o informaremos sobre o resultado do seu recurso no devido tempo.

Seu coração foi tomado de tristeza. Ele sabia o que isso significava.

— Enquanto isso, vamos continuar com o programa de indução da sua esposa até a conclusão, caso o seu recurso seja, ah, negado — disse a inspetora da Confederação Global. — Agora há apenas algumas formalidades e as verificações finais. O exame médico final, algumas papeladas de seguro. O teste de fogos de artifício e assim por diante.

— O teste dos fogos de artifício?

Sua mente o levou de volta à lua de mel: junto com uma multidão no Dia da Independência, na Cidade do México. Tinha sido naquela terra alegremente dramática, onde soltar fogos pelas ruas escuras em gringos desavisados era uma forma de passatempo nacional, que ele tinha conhecido o medo mais profundo de sua noiva.

— Ah, sim — dizia a inspetora da Confederação Global. — Com essa vida que ela escolheu, precisa se acostumar com alguns estouros e clarões.

— *Não sei como você consegue ser ruim assim!* — comentou ele entredentes.

O QUASE ESCRITOR

Uma vez, por volta de 2001, Mack e eu estávamos no bar, discutindo a questão de voltar a escrever. Mack tinha um plano.

Sua tia idosa tinha um pub no interior, e Mack sugeriu que assumíssemos o lugar. Acordaríamos cedo todos os dias para receber as entregas de mercadoria, trabalharíamos de manhã em nossos livros e depois abriríamos o pub à noite. Cada um motivaria o outro, o equivalente fictício dos parceiros de academia. O que poderia dar errado?

Mack era muito, muito sério. Ambos rezávamos desde sempre no altar da literatura — Mack, na verdade, era famoso por afirmar que T. S. Eliot o entendia melhor do que qualquer pessoa viva. E nós dois estávamos prestes a escrever algo importante desde pelo menos 1985, quando nos conhecemos na faculdade.

Quando você receber a minha ligação amanhã, esteja pronto, disse Mack. *Terei combinado tudo com a minha tia e largado meu emprego. Você vai precisar pedir demissão também, e partimos para Shropshire no dia seguinte.*

Você está pronto para isso, Jon? Você realmente quer isso, *Jon? Porque, se apertarmos as mãos agora, não há volta.*

Não fizemos um pacto de sangue nem nada no estilo — não éramos desse tipo —, mas fizemos um monte de juramentos do tipo que se faz nas noitadas em bares.

No dia seguinte, disse aos meus colegas mais próximos, com um sorriso desajeitado, que poderia muito bem ser o meu último dia. Tinha feito um juramento — e teria que seguir em frente. Mas Mack, que tinha um salário de seis dígitos numa agência internacional de *headhunting* que o mantinha em uma rotina de cheirar pó, cagar e se envolver com namoradas autodestrutivas, nunca ligou.

Não nos encontramos muito hoje em dia. Não é porque nossos estilos de vida não são compatíveis, embora seja conveniente pensar assim. É porque, depois de quase três décadas, o papo sobre voltar a escrever começa a soar um pouco vazio.

Da última vez que vi o Mack, ele tinha se inscrito em uma série de seminários caros com um guru de roteiros de primeira linha. Disse que gostou das palestras, mas não conseguiu fazer as tarefas. Só dá para ficar admirado, pois a vocação de quase escritor é muito mais difícil do que a de escritor real poderia ser.

Vamos ser claros. Os quase escritores não são pessoas que não escrevem; são pessoas que estão prestes a escrever, mas que ainda não escreveram, que são escritores em tudo, menos na escrita. São pessoas que se preocupam tanto em escrever — em escrever bem — que não conseguem começar a escrever. A confiança deles é corroída pela exposição excessiva aos mestres da escrita, a vontade é esvaída pelo carinho molhado da bebida, mas as coisas estão sempre prestes a mudar.

É preciso reservas sobre-humanas de persistência e engenhosidade para não conseguir realizar nosso sonho com tanta frequência assim. Quase escritores como o Mack são heróis do caralho, e os livros que não escreveram, quase obras-primas do caralho.

A LOJA DA PRAIA

Mesmo que eu tenha ficado acordada até tarde trabalhando na boate na noite anterior, sempre tenho que estar de pé às sete para acender os fornos de pão, deixar entrar o cara dos jornais, receber e assinar a papelada de qualquer entrega e preparar a indispensável máquina de café. *Nom de dieu*, isso não é exatamente o que você chamaria de um trabalho estressante. Cansativo, claro, mas estressante, não. Exceto... imagine como seria se não houvesse café ou *baguettes* aqui uma manhã. Os campistas iriam se revoltar.

Às quinze para as oito, a pequena multidão de sempre estava se formando. Homens, quase todos eles. *Britanniques* e *allemands*. Enquanto o resto do acampamento dorme, os madrugadores formam uma fila do lado de fora da minha loja na praia com um único propósito: esperam pelo café e uma pausa para respirar, um clandestino *pain au chocolat* e um exemplar do *Daily Mail* do dia anterior.

E ali está o corredor que sempre tenta cronometrar o final de sua corrida com a abertura da loja às oito da manhã. Pernas bronzeadas, tênis esportivos sofisticados, fones de ouvido elegantes, entradas no cabelo, óculos escuros espelhados... ele tem o ar de um homem que perde uma corrida desesperada contra o tempo. Sempre termina sua corrida muito cedo, e fica andando de um lado para o outro na areia até abrirmos as persianas, e depois fica inquieto na fila esperando suas *baguettes*, interrompendo o tranquilo clima matinal com sua impaciência nervosa e seus sorrisos espasmódicos que na verdade não eram sorrisos.

— Você deveria estar curtindo as férias, não é? — quero dizer a ele. — Do que você está correndo?

O velho com as meias de compressão é outro que sempre aparece nesta semana. Ele é muito alto, mas pouco corpulento, o que o faz parecer um gigante que ficou pequeno depois de uma operação. Toda manhã ele caminha penosamente a passos largos pela loja, desce para a praia com suas bengalas, e se arrasta cuidadosamente pela areia como uma pequena divindade do esqui sem a neve. Como todos da minha multidão matinal, seu pedido é religiosamente o mesmo: *deux pains au chocolat et une rustiguette.* Depois, vai mancando de volta ao seu chalé, em mais um pequeno passo para a recuperação.

Há uma mulher entre os frequentadores regulares, uma mãe. Ela empurra um carrinho chique com um bebê dormindo de bruços. Seu rosto pálido — e especialmente seus olhos enrugados — conta a história de uma sucessão indistinta de noites maldormidas, caminhando de um lado para o outro para acalmar a criança que chora. Se alguém acordá-la, reflete sua expressão exausta mas resoluta, não me responsabilizarei por meus atos. É mais uma bela manhã junto ao mar, e o tempo está lindo novamente, como tem sido toda a semana, o céu está de um azul profundo e enternecedor, e o pão ainda está quente. Mas, para aquela mulher, dá para ver que as pequenas agonias do dia estão apenas começando.

O próximo da fila é o cara com a barba por fazer, barrigudo, que sempre pede cinco *baguettes* e dois *croissants aux amandes*. Não conte para a minha esposa, ele sempre diz, com uma piscadela. Não conheço sua esposa, sempre quero responder. Sem dúvida ela o colocou em alguma dieta proibitiva — embora muito oportuna, olhando para a sua barriga protuberante. Eles provavelmente têm filhos que lhes esperam no trailer, para quem farão sanduíches para o almoço antes de partirem para o passeio de bicicleta do dia, e ainda terão uma *baguette* para acompanhar o jantar.

Ele sempre insiste em tentar falar francês e compra o periódico local, o *Journal du Sud-Ouest,* em vez do *Mail.* Parece envergonhado de ser reconhecido como inglês — até tentou pedir desculpas pelo Brexit em sua segunda manhã. Como se alguém se importasse com essa merda por aqui, queria dizer a ele. Não tem nada a ver com a gente — simplesmente separem-se e parem de encher o saco. E faça a porra da barba, *monsieur*. A barba irregular dele — uma insígnia das suas férias, sem dúvida — parece mais áspera a cada dia. Tem uma faixa grisalha estranha que me faz pensar em um texugo sarnento.

Às 7h30, chegam Jeanette e Thierry. Thierry e eu transamos na primeira semana da temporada, depois da festa da Copa do Mundo. Nossa relação ficou um pouco estranha depois disso, mas agora está tudo bem. Nenhum de nós quis mais, acho que não, mas cada um estava com muito medo de que o outro quisesse. (Primeira regra do acampamento de férias: nunca ficar com outro funcionário no início da temporada. Afobação leva a arrependimento.) Um par de semanas sem falar um com o outro, no entanto, tinha resolvido as coisas, e agora estávamos de volta ao normal. Vejo que Thierry está se aproximando da Magalie nesses dias, levando bebidas para a beira da piscina quando ela é salva-vidas e carregando todos os tapetes para a praia para suas sessões de ioga.

Pobre Magalie! É a mesma coisa todo verão. Ela é irresistível para os rapazes, funcionários e campistas. Você tem sorte, pode escolher quem quiser, eu disse a ela uma vez. Mas não quero ser irresistível, disse ela. Quero ser *complètement inapprochable*. E entendi o que ela quis dizer.

Magalie não tinha problemas em ter uma pele impecável, um rosto bonito ou um belo corpo; não era tímida em relação à sua aparência e se vestia para se expressar. Mas não ficava flertando ou provocando, nem praticava qualquer daqueles outros crimes inventados de que os homens acusam as mulheres que não querem dormir com eles. Ela era apenas gentil, alegre e atraente, e sorria para todos. Como resultado — e era isso que a irritava —, todos os homens do acampamento pensavam que tinham o direito de ter uma chance com ela. Não era nada do que fazia; era apenas algo que eles viam, ou achavam que viam, algo doloroso e desesperado que todos projetavam nela.

Todo verão, Magalie aguentava o mesmo tipo de porcaria. Um instrutor de vela que a chamava de *sale pute* e vadia por provocá-lo e depois ter recuado. (Ela não tinha feito nada. Mas e se tivesse?) Uma briga desajeitada entre dois campistas que achavam que estavam com ela. Um momento desconfortável em uma noite de folga do pessoal no final do verão passado, quando o filho mais velho do *patron*, Yves, que, diziam, logo tomaria conta do lugar, tentou beijá-la. Ela recebeu um pedido de desculpas mais tarde, do próprio *monsieur* Dubois, mas mesmo assim...

O que nenhum deles sabia — e eu tinha jurado segredo sobre isso — era que Magalie estava com o mesmo cara havia anos. Um cara mais velho, que morava em Paris e tinha uma segunda casa na ilha. Casado, embora apenas na aparência. Uma espécie de político. Não podia se divorciar por motivos que também eram políticos, aparentemente. Ela só trabalhava aqui para poder passar tempo com ele. Parecia uma situação de merda para mim, mas ela disse que aquilo era o que queria.

Quando os primeiros madrugadores tinham sido servidos, os fornos estavam ligados e os jornais estavam sendo lidos, havia sempre um pouco de calmaria. Às vezes eu fazia uma rápida inspeção na loja, observando o que faltava no estoque, arrumando as prateleiras, e, de modo geral, tentando fazer nossos produtos parecerem um pouco mais apetitosos. Além dos artigos essenciais, como água mineral, vinho tinto, repelente, protetor solar, baldes e pás, nossos *articles de plage* tinham um toque de velharia brega: chapéus de palha de um azul duvidoso, unicórnios infláveis de olhar lascivo e cartões-postais antigos com vistas de um céu e de um mar tingidos de modo nada realista. A orla era bonita por estas bandas, mas em nenhum lugar havia *essa* aparência. Tínhamos areia fofa, é verdade, e ondas cheias de espuma que quebravam na diagonal, e que eram ótimas para crianças praticantes de bodyboarding e surfistas iniciantes. Mas também havia rochas em alguns lugares inconvenientes, muita alga marinha, o inusitado e horrível arranha-céu do outro lado da baía e muito lixo.

Com toda a sinceridade, eu preferia a realidade; há algo opressivo na perfeição.

Saí para fumar. As férias das outras pessoas me aborreciam. A maré de pessoas tentando se divertir ia e vinha o dia todo, e eu esperava que algo diferente acontecesse. Uma tempestade estranha. Um avistamento de baleias. A descoberta de um cadáver na praia.

Monsieur Brexit ainda estava sentado, com seu terceiro *grand crème*, em uma das pequenas mesas do lado de fora da loja. Seu cabelo liso e sem brilho caía sobre seu rosto como duas asas que se dividiam no meio da cabeça num trecho bem acima da testa. Ele havia percebido logo no começo de sua estada que o café da loja era mais barato do que o do bar ao lado da piscina; então, vinha sempre, e ficava desfrutando de seus momentos de liberdade e devorando os doces. Suas cinco *baguettes* estavam ao seu lado; os sacos de papel, empapados com o orvalho da noite que havia ficado na superfície do vidro.

— Cuidado para não molhar seu pão — avisei. Eu disse em francês; ele era o tipo de cara que ficaria magoado se você falasse com ele em inglês, era uma coisa de orgulho. Mas demorou um pouco para ele processar minhas palavras, e quase dava para ver as engrenagens rodopiando.

— *Absolument!* — disse ele, apressado, respondendo. — *Les gosses ne me le* — uma grande pausa — *ne me le... pardonneraient jamais!*

As crianças nunca me perdoariam. Ponto para ele, pensei. O plural condicional da terceira pessoa não pode ser fácil para um *gringo esnobe*. E é bom ver alguém fazendo um pouco de esforço.

Imaginei os filhos dele. Três garotos loucos, decidi, correndo, gritando e jogando coisas. Competindo por tudo, lutando sem parar, devorando tudo à vista, mas ainda assim sempre com fome. Meus irmãos, em suma. Provavelmente se levantavam quando ele voltava, saltavam sobre o pão e o devoravam em segundos.

— Deixem um pouco para mim e sua mãe! — falaria sem força, caído em sua cadeira de plástico na varanda do trailer (eu tinha certeza de que ele não estaria acampando; não conseguia imaginá-lo dentro de uma barraca).

— Não importa — diria a esposa calmamente. — Pelo menos não estão brigando.

Sua esposa, de repente pensei: talvez ela seja francesa? *Mais non. Impossible.* Uma mulher francesa nunca deixaria seu homem decair assim.

Junto à piscina, as mamães boazudas se preparavam para a sessão matinal de hidroginástica da Magalie. Thierry já estava ali, movimentando as cadeiras e testando o sistema de som. Vi *monsieur* Brexit ir para a área externa, fazer uma curva abrupta e começar a caminhar de volta pelo portão, descendo o caminho da praia, o longo caminho de volta para a área das acomodações. Talvez sua esposa estivesse fazendo a aula e ele já devia ter voltado para ficar de olho nas crianças há muito tempo. Ou ele mesmo deveria estar fazendo a aula e não conseguia se animar? De qualquer modo, eu imaginava que ele estava prestes a ter uma briga com a esposa.

— *Alors, hier, ça a été monsieur?* — Como foi ontem?

— *Oh oui, oui, très bien!* — responde entusiasmado *monsieur* Brexit. — *Quelle belle journée!*

Que dia lindo! Ele está mais esperto esta manhã, e me vejo imaginando que sua esposa o surpreendeu com uma trepada logo cedo. Ela é uma pessoa noturna no geral, digo a mim mesma, mas normalmente está muito cansada no final do dia para pensar em sexo. Ao passo que ele é uma pessoa matutina, embora raramente tenha a oportunidade de transar com ela de manhã. Nas férias, porém, estava preparada para abrir uma exceção, e certamente colocou um sorriso no rosto dele hoje.

Tinham se divertido muito no dia anterior, ele estava me dizendo. As crianças tinham gostado de andar de bicicleta, e até o mais novo continuou pedalando o dia inteiro com suas rodinhas e sem capacete ou joelheira. Eles tinham seguido o caminho da costa até o farol — *jusqu'a la Phare* —, e parado para comer ostras e tomar uma taça de Muscadet no caminho de volta para casa. Crianças felizes e cansadas, música de uma *orchestre* tradicional, um lindo pôr do sol e uma brisa suave... *C'était magnifique!*

O francês dele é realmente muito bom, tenho que admitir. Mas sempre se complica com os gêneros. *Phare* (farol) é masculino, receio. Sempre será.

Ostras. Afrodisíaco clássico, dizem. Então, minha imaginação parou de funcionar. Não sei por que continuo a sentir vontade de preencher os dias dessas pessoas na minha cabeça; acho que é apenas tédio. Mas descobri que a minha imaginação chegou ao seu limite quando visualizei o *monsieur* Brexit na cama.

Ele começou a pedir dois ou três cafés ao mesmo tempo, para não ter que continuar indo para a fila de novo. Hoje também tivemos uma discussão aprofundada sobre a terminologia do café francês. Qual exatamente, ele queria saber, é a diferença entre um *café au lait* e um *crème* e um *double espresso avec lait chaud*? "Nenhuma", eu queria responder. Mas, em vez disso, disse: "*Ah, c'est compliqué, ça!*", que acabou sendo exatamente o que ele queria ouvir. O francês era para ele um prazer místico, uma amante esquiva que lhe dava falsas esperanças, mas nunca se deixava ser totalmente compreendida, e eu acidentalmente apresentei para ele todo um universo de nuances gastronômicas sutis que um simples anglo-saxão jamais poderia penetrar. E era assim que ele gostava.

Na manhã seguinte, parecia mais desgrenhado e descuidado do que nunca. Usava uma camiseta preta sem graça com o logotipo de uma banda de rock, bermuda verde e sandálias marrons de velcro que destacavam de maneira nojenta suas pernas britânicas brancas e flácidas. Dessa vez, pediu apenas café e bolinhos.

"*Vous ne voulez pas de baguettes ce matin, monsieur?*", perguntei. Era raro que meus madrugadores modificassem seus pedidos regulares no meio da semana, mas era bastante comum que estivessem com ressaca demais para se lembrar de tudo.

— Ah, sim, desculpe. Inclua, então — disse ele, em inglês murmurado.

Mais tarde, enquanto sentava debaixo do guarda-sol em sua mesa pequena, transpirando muito e esquivando-se do sol da manhã como uma tartaruga encalhada, eu o vi tirar uma pequena garrafa de vodca do bolso e adicionar uma boa quantidade ao seu café. *Monsieur Brexit!*, pensei. *Vous êtes trop rock 'n' roll!*

Discretamente, apontei para ele para que o Thierry o visse.

— Ele está começando cedo hoje.

— Ah, esse aí é um maluco — disse Thierry.

— Como assim?

— Ele alugou uma *électrique royale* minha para a semana. — Todos nós desempenhamos vários papéis no acampamento, e um dos de Thierry é cuidar do aluguel das bicicletas. — É a bicicleta mais cara que temos; só vale a pena se você for percorrer longas distâncias, como todo o *circuit de l'île*, sabe? Mas tudo o que ele faz todos os dias são cerca de cinquenta voltas no acampamento. Só dá voltas e voltas, por todos os caminhos, como um louco. Como se tivesse medo de sair do local.

— Ele está sozinho? Não está com a família?

— Sempre sozinho. Está assustando todos os pais no parquinho. Eles começaram a pensar que ele está espionando os filhos ou algo assim.

— Jesus! Onde ele está hospedado?

— Em algum lugar na área azul, acho.

— O quê?! Está em uma barraca?

— Acho que sim. Magalie diz que o viu ontem tentando secar as cuecas em uma churrasqueira.

Olhei para *monsieur* Brexit. O rosto dele estava na sombra, com os ombros inclinados, a barba mais espetada do que nunca. Talvez eu tenha imaginado, mas ele pareceu por um momento chorar baixinho em seu terceiro *grand crème*.

Foi numa quinta-feira, creio. Um começo normal de manhã para mim, pão, entregas e um aceno para Serge, o conquistador barato da Escola de Surfe, quando passou de quadriciclo com seus cabelos oxigenados, dentes ultrabrancos e bronzeado falso.

Enquanto os madrugadores se reuniam do lado de fora da loja ainda fechada e nos ocupávamos descarregando as bandejas com pães, contando o dinheiro para o caixa e abastecendo a máquina de espresso, ouvimos um alvoroço lá fora. Pela janela, ouvimos gritos e uma briga. Corri para a porta.

Dois homens se empurravam, com os pés se arrastando pela areia. Um estava ofegante, com a cabeça baixa e os braços apertados em volta da cintura do outro, como se ele tivesse acabado de investir contra o homem e ficado preso. Soube imediatamente que era o *monsieur* Brexit. O outro, mais alto e forte, tentava empurrá-lo de volta com as mãos na testa dele. *Monsieur* Brexit estava perdendo sua vantagem na briga rapidamente. Sob a pressão de seu oponente — que eu via agora que era o Corredor com Tique —, sua cabeça e seu pescoço estavam sendo empurrados cada vez mais para trás, formando um ângulo com os seus ombros que começava a parecer errado.

Como em todas as brigas, as pessoas demoraram um momento para reagir. Pode-se chamar isso de choque, enquanto todos tentamos processar aquela embaraçosa violação da normalidade. Acho que uma palavra mais honesta poderia ser diversão. Há sempre algo fascinante nas brigas de outras pessoas, na dor de outras pessoas.

Thierry e Serge se aproximaram, e a dupla foi rapidamente separada. O Corredor estava com raiva, mas pude ver que estava mais perplexo do que qualquer outra coisa. O que ele tinha feito para esse cara? *Monsieur* Brexit, enquanto isso, estava sentado em uma pilha de bodyboards infantis, com a cabeça apoiada nas mãos, fazendo uma espécie de barulho que só posso descrever como um uivo silencioso.

Lentamente, o incômodo diminuiu, e a vibração sonolenta das férias voltou a tomar conta. Mas enfim o pessoal da *Boutique de la Plage* teve algo a discutir além de quem estava dormindo com quem, ou quando Dubois iria nos dar o prometido aumento de salário, ou quais hóspedes tinham feito plástica, ou a situação de Thierry-Magalie. Às vezes, os "romances" parecem ser apenas homens agarrados desajeitadamente às mulheres, e mulheres encontrando maneiras de se livrar deles sem danificar seus frágeis egos.

Foi na manhã seguinte que a esposa de *monsieur* Brexit apareceu. Ou a ex-*madame* Brexit, na verdade. Era uma cliente habitual na loja depois do almoço — eu a reconheci pela bonita faixa de cabelo com pedrarias e pelo coque alto que sempre usava. Estava descendo para a praia, com duas garotas a reboque, quando olhou para o outro lado e o viu na sua mesa preferida da loja, na sombra.

Ele tinha vindo como de costume naquela manhã, pediu seu café e sua mercadoria matinal. Olhando para mim, dava para vê-lo calculando se poderia fingir que não havia acontecido nada no dia anterior.

— *Excusez-moi pour hier* — disse ele. — *Il y a eu malentendu.*

— Por favor, não se preocupe, senhor — falei piedosamente, mudando para o inglês para sublinhar a formalidade do momento. — Não... precisa se explicar para mim.

— *Je vous remercie* — disse ele emocionado. — *Alors... un grand crème et deux croissants aux amandes, s'il vous plait.*

— *Pas de baguettes*? — perguntei.

— *Non, merci* — disse ele. — *Pas de baguettes.*

Ele me olhou sério enquanto dizia isso, como se ambos soubéssemos que o tempo das *baguettes* já tinha acabado.

Foi apenas alguns minutos depois disso que a *ex-madame* Brexit o avistou. Meu inglês era muito bom, mas não precisava ser fluente para entender o essencial.

Ela: "Mas que merda você está fazendo aqui?"

As meninas: "Papai!"

Ele: "Posso estar aqui se eu quiser."

Ela: "Fique longe de nós, porra!"

As meninas: "Mamãe!"

Ele: "Podemos conversar, por favor?"

Ela: "Você não pode nos deixar em paz? Como nos encontrou?"

As meninas: "Mamãe! Papai!"

Corredor com Tique (recém-chegado ao local): "Você está bem, Tanya? Ele está incomodando?"

Ele: "Aaarrrggghhh!"

Ele se levantou e urrou para ela, com sangue nos olhos rasos d'água. Ela mandou as crianças para a praia com o Corredor com Tique e foi procurar alguém "da Segurança". Boa sorte com isso, pensei. O melhor que vai conseguir é um par de garotos de dezoito anos com camisas polo e chinelos de dedo. Thierry e Jean-Luc, outro salva-vidas, logo foram vistos andando na nossa direção, junto com o próprio *le patron. Monsieur* Dubois tinha setenta e poucos anos e tremia um pouco, mas tinha o peso de ser o proprietário, e isso em geral era suficiente para dissipar qualquer situação complicada.

Meu *monsieur* Brexit foi levado para os fundos da loja da praia, que por acaso era o local mais próximo onde se podia ter um pouco de privacidade. *Monsieur* Dubois entrou sozinho com ele, e os dois falaram em francês com um tom grave por uns bons vinte minutos. Quando saíram, *monsieur* Dubois apertou a mão dele com grande cerimônia e ofereceu suas condolências. Depois disso, Thierry e Jean-Luc ficaram por perto, enquanto o *britannique* juntava seu jornal e seus doces, e depois o escoltaram até sua barraca solitária e suas malas. Ao sair, ele veio até onde eu estava, junto a um monte de cata-ventos e bandeiras de castelo de areia.

— *Merci pour tout, mademoiselle* — disse ele sério, e estendeu a mão.

— *Je vous en prie, monsieur* — respondi, apertando mecanicamente a mão pegajosa.

Quando Thierry voltou, ele me informou sobre os detalhes, mas é claro que eu e Jeanette já tínhamos descoberto a maior parte juntas. *Monsieur* Brexit e Tanya, sua ex-mulher, haviam se separado vários meses antes por razões desconhecidas (embora talvez não impossíveis de adivinhar). Ela havia seguido com sua vida, conhecido outra pessoa. Ele teve dificuldade em aceitar isso, e começou a segui-la. Tinha conseguido localizá-la no acampamento, onde conheceu o novo namorado dela.

— Por que você sempre o chamou de *monsieur* Brexit, afinal? — perguntou Thierry. — Ele me disse várias vezes na loja que nem queria sair da Europa.

— Eu sei — falei. — Ele ficava pedindo desculpas por isso.

Parecia um bom momento para dizer algo mais.

— A propósito, Thierry, você deve saber que Magalie já está com alguém.

— Não, claro que não — disse ele, irritado, e foi para a hidroginástica.

PROBLEMAS DE PRIMEIRO MUNDO

e então a Do Meio entrou e disse que estava se sentindo mal e você me acordou e pediu que trouxesse o cesto de lixo para perto dela pois ela ia vomitar novamente e eu estava mal-humorado e você disse que não podia se mover porque ela estava enfiada debaixo do seu braço e depois Charlie subiu na cama e começou a apertar a barriga de todos com as patas como se soubesse o que estava acontecendo e tentando ajudar e a Do Meio *estava* realmente mal e eu levei o cesto de lixo para o banheiro e tentei limpar tudo no chuveiro mas ficou entupido e tive que empurrar tudo pelo ralo com os dedos e reclamei por ter sido acordado e você disse que se eu não quisesse ser incomodado poderia ir dormir no meio da cama e eu disse que não adiantava agora eu não conseguiria dormir mais e me apresentei como um grande mártir por me levantar de madrugada mas nós dois sabíamos que mesmo que você estivesse mal seria você quem realmente teria que cuidar dela enquanto eu me sentava com minha xícara olhando o Twitter e eu sabia que quando você acordasse teríamos a habitual discussão passivo-agressiva sobre quem teria que ficar em casa com ela e sobre o equilíbrio trabalho-vida e quem tem mais dificuldade em fazer malabarismos mesmo sabendo que no meu trabalho ninguém se importa se eu trabalhar de casa e você tinha aquele treinamento para o seu novo emprego então realmente não há por que discutir e eu disse que tive que tirar um monte de lenços de papel do chuveiro e você disse que não tem certeza de que os lenços já não estavam no lixo e que não foi você quem derrubou o lixo no chuveiro e eu estava prestes a responder para você, mas então percebi que era uma explicação muito mais provável sobretudo porque estava escuro e eu não tinha colocado meus óculos e então o Mais Novo desceu do quarto e fingiu estar doente para poder ter um dia de folga também e tive uma longa conversa com ele sobre o molar da Mais Velha e ele continuou olhando para o meu pescoço e perguntando quando eles iriam aparecer no pescoço dele como no meu e só então percebi que ele achava que eu estivesse falando de verrugas e até a Mais Velha estava de bom humor e então percebi novamente que eu te amo e somos felizes e muitos não são

NOSSAS PALAVRAS ESPECIAIS PARA AS COISAS

Mangueira antiestouro
Não pergunte.

Fada má
Uma pessoa que deliberadamente enfia **remédios ruins** (ou seja, tabletes de sabão que não são da marca Fairy) em sua máquina de lavar louça. Com o tempo, isso se tornou seu apelido para mim sempre que eu fazia algo tolo ou malicioso, como encher a máquina demais, ou ceder à minha **ilusão do guarda-móveis.** Ou misturar seus medicamentos ou não perceber que um porta-comprimidos é algo que **não rola.**

Remédios ruins
Como você costumava chamar os tabletes de sabão baratos que eu comprava quando você não estava prestando atenção. Você sempre me lembrou que vários fabricantes recomendam a marca Fairy Platinum, e que economizar um par de libras com alguma imitação barata na verdade nos custaria mais no longo prazo. "O barato sai caro", como você sempre gostou de dizer.

Bloqueador
Uma pessoa com o hábito de encher a máquina de modo que os pulverizadores ficam presos, ou a porta não pode ser fechada corretamente. Sim, eu de novo. (Você sabia que às vezes faço um pouco de bloqueio de propósito, só para ver sua cara engraçada de raiva?) (Acho que você sabia.) (Eu amava aquela cara.)

Fúria do ciclo
Sua frustração ao descobrir que eu tinha programado a máquina para lavagem econômica outra vez. "Ela lava menos intensamente e leva horas", dizia você. "E não temos tempo para isso."

Como lidar com a situação
(Algo em que você sempre foi melhor do que eu.) Seu termo para o processo de organizar a bandeja dos talheres e colocar todos os cabos da maneira correta para cima ou para baixo — as lâminas das facas para baixo (segurança em primeiro lugar), o resto para cima (assim, sai toda a craca dos talheres).

Intervenção
A abertura não programada da porta da máquina de lavar louça no meio do ciclo, geralmente para remediar um caso de **tique nervoso** ou para recuperar um talher ou recipiente que de repente se tornou essencial para o cozinheiro. Só deveria ser feito como último recurso, você sempre disse, porque aparentemente a repetição de tais procedimentos de emergência poderia causar danos incalculáveis — embora seja algo nunca totalmente explicado — às engrenagens do mecanismo. (Cuidado, elas o salvaram algumas vezes.)

Síndrome de armário de cozinha
Ver **ilusão do guarda-móveis.**

Especialista em organização e limpeza dos utensílios de cozinha (Eoluc)
O título que você acreditava que deveria ser concedido àquela elite de seres humanos capazes de encher uma máquina de lavar louça tão bem quanto você. "Isso é um pouco de exagero da sua parte", falei. "Simplesmente pense em mim como seu Eoluc", disse você. "Dê-me um beijo, meu Eoluc", falei, e você deu.

Lulu de última hora
O tipo de **fada má** que passa dez minutos reordenando toda a máquina de lavar louça apenas para enfiar aquele copo a mais que não quer lavar com as mãos, mesmo que arruíne a organização ideal no processo. Sim, certo, eu novamente.

Boca a boca
Prática, apenas para ser usada como último recurso, de tentar soprar água pelas pequenas aberturas nas hélices da máquina, de modo a remover um pedaço teimoso de casca de ovo ou arroz grudado. Nunca se sabe quando esse treinamento de primeiros socorros pode ser útil.

Tique nervoso
O nome para aquele barulho que você fazia toda vez que a máquina começava a emitir o tipo de clique rítmico ou som de algo arranhando que só poderia ser o resultado de um erro infantil de carregamento. Seria preciso cada fibra da sua força de vontade para resistir ao impulso de realizar uma **intervenção**. Mas você aguentou o máximo que pôde.

Não rola
Nosso termo para quaisquer itens que nunca devem ser colocados na máquina de lavar louça, como tábuas de corte, frigideiras antiaderentes e porcelana fina. Você não gostava quando eu colocava meus chinelos ou escovas de plástico na máquina, apesar de terem dito na internet que não tinha problema, mas acho que tinha era inveja, porque meu cabelo não estava caindo. Mas você se animou quando

descobri que podíamos colocar seu boné de beisebol da Macmillan lá dentro também.

Pico da plenitude
Um preenchimento perfeito, com carga máxima, e a máquina pronta para operar. O nirvana da máquina de lavar louça.

Phillys
Nome dado à pessoa misteriosa que sistematicamente enche demais a máquina porque não quer lavar algumas coisas à mão. Lembro-me de você suspirando de decepção ao abrir a porta e espiar outra seleção de vasilhas apenas parcialmente lavadas: "Vi que a Phillys voltou a aprontar...". O nome deriva, presumo eu, do verbo *fill*, "preencher". Nunca saberei com certeza agora.

Funcionando aquém da capacidade
Uma frase desesperada que descreve qualquer cenário que envolva a máquina de lavar louça funcionando com menos do que o **pico da plenitude**.

Ilusão do guarda-móveis
A crença herética de que a máquina de lavar louça é um mero armário (ou **armário de cozinha) ou um guarda-móveis,** no qual coisas sujas podem ser descartadas, para criar uma impressão espúria de uma cozinha limpa e sem sujeira. (De outro modo, eu não teria conseguido passar aquela semana com toda a sua família aqui. Tive que comprar uma dúzia de canecas extras também. O que mais as pessoas podem fazer em um momento como esse, senão beber mais chá?)

Craca dos talheres
Um termo depreciativo para a sujeira que é deixada em utensílios maiores, como colheres de pau, *fouets* e espátulas, quando foram colocados preguiçosamente sobre as estantes laterais acima da bandeja superior, de modo a terem poucas chances de ficar totalmente limpos. (Embora,

claro, *nunca* se deva colocar colheres de pau em uma máquina de lavar louça, como você repetiu *ad nauseam*.)

Ataque da pilha
Uma cena de crime de lava-louças em que tudo foi colocado a torto e a direito, sem pensar no uso eficiente do espaço ou na otimização da limpeza.

Pilhalícia!
Um alto termo de elogio para uma máquina bem empilhada, dito quando foi realizada uma **verificação de pilha** que não revelou nenhuma exigência de qualquer ajuste. "Uau! Isso está pilhalícia!", você costumava dizer. (Fico feliz que algo ainda o deixasse emocionado nos últimos dias.)

Verificação de pilha
Um dos seus rituais favoritos, no qual você revisava minha tentativa de encher a máquina adequadamente antes que ela fosse ligada, e corrigia qualquer ineficiência organizacional óbvia. Por azar, os seus procedimentos a esse respeito, antes tão robustos e implacáveis, descuidaram-se consideravelmente com o passar do tempo. "Por favor, verificação de pilha!", gritava eu da cozinha; "**Pilhalícia!**", você respondia fraco do sofá. Nos últimos dias, você nem respondia. Mas gosto de pensar que ainda me ouvia, porque uma vez entrei e o encontrei sorrindo. Seus olhos estavam fechados, mas você estava sorrindo.

Procedimentos cirúrgicos
Qualquer uma das mais diversas ações de intervenção envolvendo mangas enroladas, o filtro e a bomba d'água da máquina. Pelo menos por algum tempo, isso pode salvar uma situação aparentemente irremediável.

Saudoso da lavadora
Uma pessoa que faria de tudo para precisar usar a máquina com mais frequência, agora que está cozinhando só para uma pessoa.

Consul
O nome que eu costumava dar ao meu amante imaginário. "Se você não tomar seus comprimidos como um homem, vou chamar o Consul. Ele quer que eu fuja com ele. Diz que quer me levar em uma viagem que é uma Brastemp..." "O Consul jamais se recusaria a comer dessa maneira." É engraçado, mas acho que uso nossos nomes especiais para as coisas mais do que nunca, agora que *você* é meu amante imaginário.

Zeólito
Em seu processo de secagem, a máquina Siemens IQ500 utiliza zeólita, um mineral inteligente que converte a umidade que absorve em energia térmica. Isso torna a máquina boa para plásticos difíceis de secar e para dar brilho aos objetos de vidro.

Adeus, meu último e melhor amigo, fornecedor do ***pico da plenitude****.*
Adeus, meu pedaço de zeólita, você, que fez tudo brilhar.

HOTEL DU JACK

SÁBADO

Jack Ladd passou a primeira noite das férias em família tomando *shots* no bar com alguns dos caras que ele conheceu praticando kitesurf.

Tinha sido um dia maravilhoso, de ventos fortes e perfeitos. E agora os seis estavam com aquela merecida sensação de letargia que se segue a um dia de sol, mar e aventura aeróbica.

Um celular fez barulho.

Não beba demais a ponto de não conseguir você sabe o quê, disse sua esposa por mensagem. Sally estava ali perto, no pitoresco hotel butique com vista para a praia, aconchegada com as duas filhas. Sem dúvida, estavam assistindo a *X Factor* ou *The Voice* ou alguma merda assim.

Jack forçou um sorriso amarelo e generosamente passou o texto para que todos os rapazes pudessem ler.

— Seu sortudo de merda — disse Paddy. — A minha patroa já estaria fazendo greve de sexo a esta altura. — Ele imitou uma voz genérica afetada: — *E quanto a mim? E quanto às crianças? Vai passar algum tempo com a gente esta semana? Aposto que prefere estar casado com aquela prancha de surfe a estar casado comigo!*

Jack levantou a mão e fez uma pausa.

— Então ela é... *sacana*, cara? — perguntou Paddy, e todos deram risadinhas.

— Ou, talvez, cara — disse Jack, abrindo a parte de cima de sua roupa de neoprene, equilibrando-se no seu banco, e dando um beijo molhado em cada um de seus bíceps. — Talvez ela seja a sortuda!

Os caras vibraram e riram, mais alto dessa vez. O bar estava quase vazio — de fato, com a tendência ainda tênue, mas inconfundivelmente agressiva, de sua euforia, eles tinham ajudado a esvaziá-lo. O barulho da conversa tinha crescido à medida que tomavam posse do território.

Mas ninguém sequer cogitava discordar de Jack, ou em rir do seu jeito. O fato é que — mesmo meio bêbado e balbuciando, como estava — Jack era um espécime fisicamente atraente, com veias que se destacavam em seus antebraços feito cabos, e uma barriga de tanquinho tão vincada quanto a cauda de uma lagosta.

Ele era o mais sarado entre todos, e era o receptor natural de sua deferência tácita. Em uma noite como aquela, em meio ao coro de gargalhadas e às piadas agressivas, às gracinhas cada vez mais explícitas ditas às mulheres que passavam e às bebidas flamejantes que eram viradas, e que ninguém se lembrava de ter pedido, todos conseguiram se deliciar um pouco com a glória refletida da personalidade de Jack.

Pois eles eram homens, todos eles. E eram *magníficos*.

DOMINGO

Jack sabia que um corpo como o dele exigia certas responsabilidades. Não tanto para a esposa, claro; ela tinha a sorte de ter acesso ao corpo dele o tempo todo. (Bem que ele se esforçou ontem à noite, mas os detalhes estavam confusos. Lembrava-se de Sally falar algo como *sai fora* e apoiar os pés contra a parede para tirá-lo da cama. Quando ele finalmente acordou, estava enrolado em um edredom no tapete. As filhas, agora ausentes, tinham colocado dois de seus bichinhos de pelúcia no peito dele para fazer companhia. O Gelinho e a Fofinha, acho.)

Não, Jack refletiu enquanto conservava seu corpo incrível com saltos, abdominais e flexões, *sua responsabilidade era com o mundo em geral.* Ele era como um cantor com uma voz milagrosa. Um presente para compartilhar. Ele entendia que as pessoas *precisavam* apertar seus bíceps e dar um soco em seu abdômen de tanquinho — eram bem descaradas especialmente as mulheres —, e deixava. Entendia, pois ele mesmo já havia sido como essas pessoas antes. Nem sempre tinha sido tão musculoso, acredite ou não, e sabia que as pessoas precisavam ver que tal perfeição era possível.

Caso contrário, que esperanças poderiam nutrir?

Seu corpo, como sempre, estava perfeito. Uma das vantagens de malhar tanto era a capacidade milagrosa de se recuperar rapidamente de uma ou três noitadas. Sua cabeça, no entanto, já era outra conversa. Olhando para a suíte vazia, as camas das crianças desarrumadas e o rádio-relógio gritando que eram 11h47, ele sentia um ar de reprovação no ambiente. Não tinha conseguido mostrar à Sally uma performance digna. Ele a tinha deixado sozinha com as crianças no primeiro dia de férias em *família*, ele era capaz de ouvi-la dizer, férias que os dois concordavam que eram merecidas. As garotas provavelmente estavam acordadas desde as seis.

Além disso, sua posição pouco ortodoxa para dormir o havia deixado com uma tensão incômoda no trapézio direito, e, se ele não tomasse cuidado, isso poderia atrapalhar significativamente sua rotina de exercícios nas férias. E em sua irritação, ele se permitiu comer meio prato de nachos cobertos com queijo derretido. Nem queria pensar na carga extra de calorias que teria que queimar, sem mencionar o impacto no crescimento muscular de tanta porcaria. *O que ele estava pensando?*

Mas ainda havia mais por vir. Com o tipo de pânico que deve acompanhar o primeiro sinal irrefutável de loucura, Jack percebeu que ainda não tinha pensado... nos seus *cabelos*.

Correu para o banheiro e começou a mexer e arrumar seus cachos negligenciados sob o olhar carinhoso do espelho. Nem tudo estava perdido; havia muitos produtos na *nécessaire* que ele mesmo tinha organizado. Uma solução já estava se formando em sua mente: um penteado que disfarçaria o tamanho de sua testa, mas que seria bom o suficiente para aguentar um dia de maresia e esportes aquáticos radicais. Com um toque despojado, mas com aspecto mais arquitetônico, uma sinergia atraente de desleixo e rigidez.

— Não sei como consegue gastar tanto tempo nisso todos os dias — Sally sempre zombava. — Tudo o que você faz é amassar os fios e passar esse gel horrível. — Ele sorriu. Gostava das mulheres que sabem retribuir na mesma moeda. Era a mãe de suas filhas; então, jamais a destrataria, mas às vezes o humor dela era quase ofensivo.

Com isso em mente, o dia de Jack começou a se organizar. Tomar banho, lavar o cabelo, barbear-se, um brunch com alto teor de carboidratos e um shake de proteína. Cabelos. Tempo em família na praia. Depois, descobrir onde os rapazes estavam. Talvez sair de barco ou aceitar o convite de Billy para andar de jet ski. Mas primeiro o mais importante.

Foi enquanto estava no banheiro que Jack o viu pela primeira vez, enfiado numa pequena prateleira de livros e revistas estrategicamente colocados para serem folheados enquanto se está na privada. Uma brochura de capa rosa bem tênue e sem graça. Na capa, uma foto de uma mulher sentada em uma poltrona, com um vestido que até sua tia-avó (se ele tivesse uma) teria achado um pouco cafona. Ao lado, uma pequena mesa, e sobre ela um par de flores murchas em um vaso. A cabeça da mulher estava inclinada para longe do leitor, de modo que só se via o cabelo dela, uma longa cabeleira castanho-clara que nunca tinha visto nenhum produto de beleza ou cabeleireiro. A poltrona estava em frente a uma grande janela, mas não dava para ver do lado de fora porque havia uma enorme cortina bege na frente. Havia um pouco de brisa do lado de fora, porque a cortina estava um pouco mais alta no fundo, oferecendo um vislumbre provocador da varanda e um pequeno triângulo de azul, talvez o mar.

Era, pensou Jack, provavelmente a capa de livro mais monótona que ele já tinha visto. Como se o designer — ou a designer, pois poderia ser uma mulher — tivesse se proposto a criar a capa menos memorável de todos os tempos. Era o tipo de capa de livro que parecia ter sido feita para chamar a atenção apenas para as cortinas. Isso era um erro na visão de Jack, porque, embora a mulher parecesse entediante e seu rosto estivesse escondido, era ao menos *uma pessoa*; as cortinas, por sua vez, tinham um aspecto desleixado e amarelado, e nem eram de qualidade, pelo que ele podia perceber.

Jack era um grande leitor. Era um colecionador de livros. Tinha lido todos os de Lee Child, alguns deles duas ou três vezes, e estava se aproximando de conquistas similares tanto com Nesbo quanto com Larsson. E conhecia os clássicos: havia lido muitos dos grandes autores, notadamente Sheldon, King, Ludlum e Herbert. Se você não lembra onde estava quando leu *aquela* cena em *The Fog*, então, para Jack, você não entendia de literatura. (Dica: tesouras de jardinagem, pênis cortados etc.)

Ele folheou o livro, que tinha um título que ele imediatamente esqueceu, e viu que tinha sido escrito por uma tal Angela Brocker, ou algo assim. Leu a sinopse:

> *"Nunca tinha ouvido falar deste lugar enquanto ele estava vivo. Mas agora — graças a ele, por incrível que pareça — tenho a chance de finalmente me encontrar."*
>
> Três anos após o falecimento de seu exigente marido, Victor, Patricia Porlock está vivendo em uma modesta, porém confortável, reclusão, em um *pied-à-terre* em Chelsea, que ela só descobriu pelo testamento.
>
> Agora, com a liberdade de finalmente poder colocar as próprias necessidades em primeiro lugar, Patricia começa a refletir sobre o casamento difícil e os sacrifícios que fez para mantê-lo.
>
> Mas nesta vida de calma contemplação entram três visitantes indesejáveis, cujas alegações sobre o passado, o presente e o futuro de Patricia ameaçam, de diferentes maneiras, minar todo o equilíbrio arduamente conquistado...

— *Jesus* — disse Jack para si mesmo. Ele virou para a primeira página:

> — Acho que afinal *vou* comer brócolis — disse Patricia Porlock para a jovem garçonete, notando a sensação de prazer que sentia ao falar aquilo.

Jack largou o livro no chão e se dedicou a fazer cocô.

— Aqui está: ela é toda sua! — disse Sally zangada, assim que Jack chegou aonde ela estava sentada na areia com as meninas, no que era — ele percebeu com uma pontada de irritação — o mesmo lugar do dia anterior. *Que tédio!*

Largou uma das gêmeas nos braços estendidos dele e disse: "Vou tomar um café." Ela saiu aos pisoteios, ou pelo menos pisoteando tanto quanto a areia fofa permitia. Como ele sabia, por sua tentativa de correr no dia anterior — um ótimo treinamento de resistência, areia contra os pés descalços, é claro —, era difícil andar naquela superfície, a não ser de um modo um tanto cambaleante.

Ele olhou para a garotinha. Tinha certeza de que aquela era Abby. O cabelo dela era mais comprido. Será mesmo? Mas Sally não tinha acabado de levar as meninas ao salão? Ela deveria ter escolhido cortes diferentes. Deveria ter consultado ele, afinal, ele sabia muito sobre cabelo. Podia perguntar à filha quem ela era, claro, mas Sally tinha dito para ele parar de fazer aquilo — "Você vai traumatizá-la, Jack!". Rápido como um flash, ele costumava responder: "Qual delas?"

Abby (provavelmente) queria colocar o maiô, mas por algum motivo a tira de velcro de uma de suas sandálias tinha ficado presa em sua calça de moletom rosa. Tinha caído de cara, e agora havia areia em todas as partes do seu rosto que havia meticulosamente pré-coberto com sorvete de chocolate. Jack ajeitou a roupa da filha, limpou-a com alguns lenços e começou a mexer na sacola de Sally procurando outra roupa para a menina. Tilly (provavelmente), a irmã gêmea, já estava vestida com seu maiô, que era ideal para a areia *ou* o mar.

Esses maiôs eram ótimos, Jack refletiu, eram feitos de um tecido entre a lycra e o neoprene. Ele se perguntou se poderia conseguir uma versão masculina, e, em caso afirmativo, se serviria nele. Ele ficaria com um visual ótimo, com o corpo todo marcado na roupa, só que seus bíceps eram tão largos que às vezes tinha dificuldade para passar os braços pelas mangas dessas roupas.

Seguiu-se cerca de meia hora de construção de castelos de areia, e vários arremessos com seu Nerf Vortex Mega Howler (ou "aquela bola de rugby ridícula que apita e tem uma cauda", como Sally ignorantemente o chamava). Então, Jack ficou rodopiando as meninas na água, ameaçando dar caldos nelas enquanto gritavam apavoradas e eufóricas ao mesmo tempo. Aquilo era um bom treino para o seu tronco, especialmente porque agora elas já tinham um peso razoável. E então, com uma sensação de alívio intenso, Jack viu que Sally estava de volta. Ela tinha comprado para ele um cappuccino e um jornal. O humor dela, ele percebeu, tinha melhorado.

— Então... Você se divertiu com os rapazes ontem à noite? Não incomodamos seu sono, não é mesmo? — o rosto dela estampava um falso ressentimento, com aquele brilho travesso subjacente que ele amava.

— Sinto muito, amor. Exagerei um pouco. — Ele agarrou um pé de unhas bem-feitas enquanto ela enfiava uma fileira afiada de dedos bonitos em sua coxa. Ela o encarou com franqueza. "Ela não sabe se me dá um soco ou se transa comigo", refletiu. Mas acabou dizendo:

— Você está me deixando doidinho, querida.

— Idiota — disse ela, fincando os dedos do pé na coxa dele novamente. *Agora, sim*, pensou ele. Mandei bem. Ponto para o Jack. Mais tarde, ele faria com que ela se reconciliasse com o Pequeno Jack. O Jackster. Jack in the Box. Jack, filho de Jack. O Jackatola. Jack, o JackRabbit. Jack-in-the-Sack. O Jackal. O sr. JackHammer. Jumping Jack Flash. (Eles o chamavam por vários apelidos.) (Bem, ele, pelo menos.)

Ele pegou o pé dela e o beijou. Ela sempre parecia mais sexy quando estava prestes a perdoá-lo. (Ela sempre parecia mais sexy.)

Em seguida, ele procurou por seus óculos de corrida modelo Michael Phelps XCEED Titanium Mirror.

— O que está fazendo? — perguntou ela.

— Só vou dar um mergulho rápido — disse ele. — Desanuviar um pouco a cabeça.

— Está bem — cedeu. — Mas não me deixe sozinha com as garotas a tarde toda.

— Claro que não — disse ele, inclinando-se e recompensando-a com um beijo longo.

Ele ficou de pé, arqueou as costas, aqueceu os ombros, ajustou os óculos, esticou o tronco, apertou o cadarço da bermuda. As pessoas o olhavam, podia sentir isso. Ele estava acostumado e entendia perfeitamente — ele era tão musculoso que chegava a ser obsceno. Encontrar um corpo como o dele no decorrer de um dia normal era um escândalo para os sentidos, ele sabia disso; era como ver um mamilo na igreja, ou a súbita aparição de um pênis em um tribunal.

Provavelmente eu também estaria olhando para mim agora, Jack pensou, se *eu* me visse pela primeira vez.

Ele se debruçou até a beira da água, olhou de modo dramático para o horizonte, curvou-se e aplicou alguns salpicos de água do mar no seu incrível torso.

— Venha brincar comigo, papai! — disse Abby, provavelmente era a Abby, que ele não tinha visto que estava perto enchendo o baldinho com areia molhada.

— Não vou demorar nem um segundo, amor — sorriu. — Papai só vai dar uma nadada rápida.

Olhou para Sally, chamou a atenção dela e muito rapidamente fez o seguinte: apontou para Abby e depois para Sally e depois para Abby outra vez, deu uma piscadela e depois apontou para Sally novamente. Então, repetiu tudo muito mais rápido. Tudo aquilo era um código internacional para os pais: "Agora é toda sua, querida. Tô passando a bola."

Ele se virou para o mar, sem olhar para trás, e, sem vacilar por um instante, caminhou direto para as ondas geladas, como um deus moderno de um anúncio de loção pós-barba. E então, quando não podia mais andar, nadou. Nadou com sua técnica aparentemente inata, gloriosamente aerodinâmico, reto como um torpedo. Nadou cada vez mais longe, em sua busca incansável pelo Condicionamento Máximo.

Virando-se de costas para a água em uma pausa programada, olhou para a praia. Uma das gêmeas desafiava a mãe, ele percebeu, com os ombros encurvados e as mãos na virilha, como se fizesse parte de uma barreira de jogadores que vai tentar desviar uma batida de falta. Sally, por sua vez, esticava o braço para manter a menina a distância; ela estava tapando o nariz, enquanto procurava algo. Então, por um instante, Sally pareceu procurá-lo, olhando para o mar com a mão sobre a testa. Ele acenou. Sally estava mexendo os lábios, mas ele não entendeu.

SEGUNDA-FEIRA

Malditos camarões. Nunca coma a *porra dos camarões*. Quando ele iria aprender?

Eram 3h23 da manhã e Jack estava deitado no chão frio e azulejado da suíte, com diarreia e ânsia de vômito.

Depois de levar as garotas para comer um hambúrguer, ele e Sally as colocaram para dormir, pediram um jantar pelo serviço de quarto e mandaram ver.

Seu coração mal tinha desacelerado quando começaram as primeiras cólicas. No início, eram apenas pequenas pontadas no estômago, mas depois vieram as ondas de náuseas, que evoluíram para uma sensação sinistra de que uma terrível tempestade estava ameaçando o oceano de fluidos em sua barriga. Ele sentiu uma agitação avassaladora que poderia ter feito um homem mais fraco questionar o próprio sentido da vida. Só havia uma saída, Jack sabia disso, mas até ele vacilava antes da tarefa.

Ele se deitou gemendo de madrugada, tentando enganar o corpo para dormir. No final, levantou-se e ficou naquela posição: cabeça sobre o vaso, dedos na garganta. Suas primeiras tentativas nada fizeram para dissipar o pavor das náuseas — se conseguiram alguma coisa, foi piorar a situação. Deitado no chão do banheiro, fraco e desamparado, achou um absurdo Sally conseguir dormir durante a noite sombria de seu desespero. (Não apenas dormir, na verdade; ela estava roncando.) Ele não a acordaria; mesmo em seu estado enfraquecido, era esperto o bastante para não fazer isso. Suportar esse sofrimento sozinho lhe daria um crédito, que poderia ser útil no final da semana.

Depois de uma noite terrível em claro, quando a luz do amanhecer começou a entrar pela janela da suíte, Jack estava finalmente ciente de que podia mover um braço ou uma perna sem instantaneamente vomitar. Rastejou de volta para a cama, e somente quando chegou lá descobriu que segurava o livro em que pensara durante toda a sua provação, o livro das cortinas e com a capa de um rosa-claro, cujo título ainda não conseguia lembrar.

Passou a maior parte daquele dia debaixo do edredom. Quando as crianças entraram no quarto e os acordaram às 6h04, ele contou a todos sobre as misérias da noite anterior. Não precisava exagerar; descobriu que, quanto menos falasse, mais simpáticas e compassivas elas ficavam.

— Deve ter sido horrível — disse Sally, chateada. — Olhe só para o seu *cabelo*. — (Ah, finalmente ela o *entendia*!)

Depois do café da manhã — nada para ele, claro —, Sally levou as garotas para a praia e prometeu deixá-lo sozinho para se recuperar. Agora ele estava a sós com o seu celular. Mandou uma mensagem de texto para Paddy e alguns outros do bar — o wakeboard estava agendado para mais tarde, e ele talvez tivesse que adiar. Mas sentia falta dos rapazes, da aprovação inquestionável deles. Conseguiu que o inscrevessem para o mergulho na caverna do dia seguinte, seja lá o que isso queria dizer.

Jack trabalhava no departamento de *commodities* de um banco mercantil asiático em Londres. O trabalho era insano, e seus colegas eram todos babacas. Ele tinha recebido um e-mail de "Geordie". Embora "Geordie" — um dos piores rivais do Jack, em se tratando das comissões — tivesse um sotaque do norte engraçado, ficava muito chateado tentando explicar às pessoas que na verdade ele não vinha de Newcastle ou de qualquer lugar perto de lá. Quando os rapazes viram quanto isso o incomodava, "Geordie" virou seu apelido eterno.

Era provavelmente um apelido melhor do que "Camiseta", que tinha sido dado àquele cara — Simon, era? Jack não conseguia nem se lembrar do verdadeiro nome — que uma vez apareceu para trabalhar com um terno Prada e uma exagerada camisa do estilista Paul Smith — *e uma camiseta por baixo*. Aquela era uma gafe tão horrível que ele ficou conhecido como "Camiseta" desde então, embora — como o próprio Camiseta apontara recentemente — o incidente tivesse ocorrido havia mais de sete anos. A esse comentário, Jack e os outros colegas responderam em uníssono: "Vaza, Camiseta."

Enfim, ele recebera uma mensagem do "Geordie", com cópia para o resto dos colegas homens. Assunto: "Você foi substituído por um fantoche de verdade." A mensagem dizia: "Oi, Jack, espero que esteja se divertindo muito. Só achei que gostaria de saber que, na sua ausência, encontramos um fantoche adequado para fazer o seu trabalho... (ver o anexo). E adivinhe? Os números estão melhorando!"

Jack clicou no anexo. Era uma foto de um enorme Caco, o Sapo, de pelúcia, que havia sido colocado sentado em sua mesa, digitando em seu teclado com a mão (pata?) verde peluda e mergulhando a outra mão verde (ou pata) em um balde grande de USN Anabolic Nitro-X. O balde de suplemento especializado de Jack, que ele tinha provado, para a própria satisfação, que, de fato, como prometido, acelerava a recuperação muscular entre as séries de exercícios.

Clássica pegadinha. Ainda fraco, Jack mandou uma resposta: "Vão se foder, seus racistas", e jogou o telefone no edredom. Ele se sentia tão sem forças e entediado que pegou o livro rosa-claro das cortinas novamente.

Era como nenhum outro livro que Jack já tivesse lido.

Para começar, havia muita coisa sobre refeições. Enormes quantidades do texto eram dedicadas a relatos de pessoas ligando umas para as outras para ver se queriam almoçar. Ele perdeu a noção de quantas páginas tinham sido gastas em descrições de chá e bolos pedidos em restaurantes de lojas de departamentos chiques. A relação da personagem principal, Patricia, com seu peixeiro, um francês extrovertido chamado Grégoire, recebeu atenção especial ao longo de todo o livro, embora não houvesse nenhum indício de que eles já haviam fodido ou brigado, ou pelo menos tinham qualquer intimidade. O homem nem sequer dava peixe de graça para ela.

Depois houve muitas coisas sobre sentimentos. As páginas estavam cheias de descrições de cada pequena coisa que acontecia com Patricia, e de como cada coisa a fazia se *sentir*. Encantada em poder finalmente desentulhar* todas as superfícies da cozinha. Ansiosa com relação ao apetite de sua mãe idosa (tinha parado de comer as conservas de frutas que Patricia sempre fazia para ela). Constrangida no cabeleireiro ao experimentar um novo visual (*jura que você fez isso mesmo?*). Irritada

---

*Embora "desentulhar", como Jack aprenderia mais tarde, na p. 159 do livro, fosse uma palavra que Patricia jamais usaria. "É como reutilizar, dar um novo uso", refletiu Patricia mais tarde naquela manhã, na loja de móveis e decoração. "Vemos os benefícios e aplaudimos o conceito. Só que eu jamais usaria esta palavra para descrever isso."

com Gordon, seu desastrado casinho antigo que vem xeretar no apartamento quando descobre que Patricia ficou viúva, quando tudo o que ela queria era um pouco de paz e sossego. (Gordon deve ser o primeiro dos três visitantes indesejados, Jack imaginou, e mesmo sendo uma espécie de ex, também não parecia que já tivesse transado com Patricia. Ninguém transava, na verdade; era um livro que parecia não falar em sexo.)

A maioria das coisas que Patricia sentia era inútil, banal, entediante, doméstica. Mas isso não importava. Qualquer coisa que ela sentisse entrava no livro.

Acima de tudo, Patricia divagava sobre seu falecido marido, Victor. Por que ela fazia isso, Jack não conseguia entender, pois ele tinha sido um velho miserável, filho da puta, e ela estava bem melhor sem ele. Era um homem corpulento, que havia ganhado muito dinheiro nos anos 1980, e não ouvia nada do que ela dizia. Tinha um emprego em finanças que ela nunca entendeu, e ele nunca tentou realmente explicar (o livro dava poucos detalhes, mas para Jack parecia que era um trabalho de diligência prévia em uma empresa de capital privado). O trabalho dela era principalmente ficar bonita e preparar bons jantares quando ele trazia clientes. Nas entrelinhas, Jack sentiu que Patricia estava feliz com o fato de ele haver morrido, mas não falava como ele era um merda, ou como ela estava decidida a colocar a mão no dinheiro dele, ou qualquer coisa do tipo. Na maioria das vezes, parecia apenas satisfeita em finalmente poder fazer o que quisesse:

> Ela podia mudar de ideia quantas vezes quisesse, dizia para si mesma, e fazer todas as coisas de que sempre gostou, e que Victor não queria fazer — coisas das quais ela mesma havia se habituado a não sentir falta durante tantos anos. Creme de couve? Batatas gratinadas? Aspargos branqueados com vieiras catadas à mão em molho de caviar? Bem, por que não? Novas e deliciosas possibilidades apareciam em sua mente. E ela sentia apenas uma leve culpa de que devia o desfrute de tais fantasias gastronômicas ao falecimento do seu enfadonho companheiro.

Jack tinha chegado à página 71 do livro sem encontrar uma única cena de ação. Não só não havia sexo, não havia violência, não havia crime ou criminosos, nada de dispositivos de alta tecnologia, nada de loucuras geopolíticas nem lavagem de dinheiro ou golpes de gangues. Sem perseguições de carros, ameaças de morte ou policiais corruptos. Sem suspense — a menos que você tenha alguma curiosidade sobre qual prato ela escolheria para acompanhar suas costeletas de cordeiro.

Havia, porém, duas páginas dedicadas a um telefonema sobre uma receita para um bolo, uma longa conversa sobre a preparação de um peixe, e seis parágrafos sobre a incapacidade de Gordon de fazer um café decente, e o que isso dizia sobre ele.

Fiel à sua capa, havia um trecho relativamente grande — de cerca de uma página e meia — sobre as cortinas da Patricia. Victor tinha gostado, mas ela refletia se realmente faziam o seu estilo. Era muito provável, pensou Jack, que ela trocasse as cortinas antes de o livro terminar.

No fim, era um livro sobre nada. Mas Jack já tinha lido mais de um terço dele.

TERÇA-FEIRA

Jack nunca havia mergulhado em cavernas antes, mas já tinha feito algumas atividades radicais ao ar livre, de alta adrenalina: pulou de bungee-jump e parapente, desceu de tirolesa por vales montanhosos, escalou, desceu por desfiladeiros e morros dentro de uma enorme esfera de plástico.

Naquele momento, esperava na frente do bangalô em que eles passavam as férias o trailer do Paddy, que iria buscá-lo. Ele aproveitou bem esse tempo pulando e fazendo manobras de ultravelocidade em sua corda com peso Buddy Lee Aero Speed Jump Rope, eleita "a corda mais leve, rápida e de peso mais bem distribuído, ponto-final" por ninguém menos do que a revista *Men's Health*, a Bíblia antigordura do mundo.

— Você já *morreu* em uma caverna antes, cara? — perguntou Paddy. — Foi mal, quis dizer *mergulhou* em caverna.

O resto dos rapazes — dois conhecidos do sábado à noite, mais alguns que Jack nunca tinha visto antes — riram, assim como Jack.

— Não.

— Bem, foi bom conhecer você, cara — disse aquele que se chamava "Zippy", e todos riram de novo.

Jack — que até o momento havia esquecido que temia apenas duas coisas no mundo, tubarões e espaços confinados — sentiu uma sensação estranha. Não conseguia entender direito, mas, se tivesse que dar um nome àquilo, o chamaria de *pavor*. Talvez até *medo*. Ou então, e isso era apenas um palpite, *um terror abjeto diante da perspectiva de morte iminente.*

E o que era pior, os rapazes conseguiam sentir isso. Podiam farejar. Podem ter respeitado Jack no auge de suas bebedeiras, com seus bíceps brilhando e as mulheres se atirando em cima dele, mas isso só os fazia desfrutar ainda mais do seu óbvio desconforto no momento.

— Não importa o que aconteça, não vá se cagar na água — dizia naquele momento o cara apelidado de "Nitro" para o que chamavam de "Spum". — Isso vai atrair os tubarões mais rápido do que sangue.

— Achei que não houvesse tubarões nessas águas — disse Jack, um tanto rápido demais.

— Ah, eles vêm de muito longe em busca de um pouco de anal — disse o que se chama "Spum". — Merda fresca faz isso com eles.

Como Patricia Porlock lidaria com essa situação?, se pegou pensando Jack. Bem, para começar, ela nunca se meteria nessa porra de situação. A coisa mais ousada que fez em todo o livro das cortinas bege foi pegar a linha norte do metrô — e mesmo assim levou álcool em gel para as mãos.

Gordon desejaria que ela fizesse algumas coisas arriscadas. Mas não era a ideia de dormir com Gordon que desalentava Patricia, pelo menos não no ponto de vista de Jack. Gordon, afinal, era um cara bonito de um jeito meio antiquado, um homem que usava calças de sarja, gravatas-borboleta e práticos mocassins, e que ainda achava que bigode era algo aceitável. (Patricia disse pouco sobre o cabelo dele, mas, a julgar pelos trajes, Jack só podia imaginar o pior.)

O problema com Gordon era que ele se sentia solitário. Queria apenas uma companhia gentil e bonita em seus passeios de fim de semana para cidades históricas, e que cozinhasse um bom jantar à noite. Ele simplesmente sugava o tempo da Patricia, e não conseguia entender que ela realmente gostava de ficar sozinha. Para ela, estar sozinha significava ser *livre*.

O que foi mesmo que ele disse a ela?

> — Não é bom ter uma boa companhia agradável com quem compartilhar as melhores coisas da vida, Patricia, até mesmo, ou especialmente, na nossa idade?

Jack tinha ficado com muito medo de que ela cedesse a ele. Afinal, era vulnerável, sendo viúva recente. E por todas as suas resoluções, ter um cara por perto tinha suas vantagens.

Mas ela não aceitou nada disso. Ela botou na mesa o bolo com chantili que comia, olhou-o nos olhos e disse:

> — Tudo depende da visão que temos de o que constituem "as melhores coisas", eu acho.

Toma essa, Gordon, seu chato! Ele foi pego de surpresa, mas — vamos lhe dar algum crédito — fez mais uma tentativa.

> — Ora, as lindas vistas, a cultura, os pontos turísticos, um passeio no bosque... —, disse Gordon, olhando para algum ponto imaginário. — Um concerto de Mozart. Uma taça gelada de Chardonnay. O pôr do sol em uma varanda à beira-mar. Certamente todos acham essas coisas agradáveis.

Rápido como um flash, ela respondeu.

> — Sempre achei "agradável" uma palavra tão *insípida*, você não acha? — sorriu Patricia, como se falasse consigo mesma. Gordon olhou pensativamente para o seu bolo de passas.

Toma! Foi um golpe brutal. Gordon estava no chão, tinha sido nocauteado. O árbitro entrou no ringue, seguido pelos paramédicos, e Gordon já era.

— Tudo bem, Jack? — disse o cara apelidado de "Pogo", tirando-o de seu devaneio.

— Claro.

— Lembre-se, companheiro: mergulhar não é perigoso.

— Eu sei.

— Perigoso é se afogar.

Jack botou na mesa sua fatia de bolo com chantilli imaginária.

— Vão se foder, seus merdas.

Todos riram na van.

O barco que deveria levá-los para o local do mergulho na caverna se chamava *O Marabar*. O cheiro de diesel tomava conta de tudo. Isso e o balanço da água agitada fizeram com que Jack se sentisse enjoado outra vez.

— Veja este mostrador aqui — disse o cara apelidado de "Termite". — Isto diz em que ponto de profundidade vão encontrar o seu corpo.

Patricia Porlock também teve que enfrentar algumas situações difíceis, lembrou Jack, agora que estava sozinha. Embora Victor não entendesse nada das tarefas domésticas, sempre estava presente para fazer algumas das coisas óbvias (ou tradicionais) que os homens fazem. Lidava com todos os investimentos deles, e Patricia sofria muito tentando lidar com seu novo consultor financeiro, um coroa perigoso com voz aveludada recomendado por Gordon.

Quando Patricia tentou diversificar algumas de suas ações em investimentos mais seguros (e, para Jack, aquilo fazia todo o sentido como estratégia, em termos de portfólio, dada sua ainda limitada compreensão dos mercados), seu novo consultor disse que ela estava "possuída por um apetite para o risco que é insalubremente conservador". Velho condescendente de merda. A pobre Patricia saiu correndo do grandioso e intimidador escritório da Mayfair segurando as lágrimas.

Mas ela tinha esperado para conquistar o que queria, e acabou conseguindo. Bom para ela.

Victor também costumava se encarregar de tudo o que tinha a ver com o carro, da revisão anual até a troca de óleo. Isso também representava novos desafios para a viúva, e havia uma cena de sofrimento em que Patricia tinha que levar seu automóvel a um mecânico para descobrir se os pneus não estavam um tanto murchos. Os mecânicos — todos sujos de graxa, é claro — foram impiedosos com sua ignorância.

— Você não tem um homem para resolver isso para você, querida? — disse um. Com dignidade, Patricia se recusou a usar a carta da viúva como trunfo. — Quero aprender essas coisas — foi tudo o que disse.

Para piorar a situação, o carro que Patricia herda de Victor é um grande e desajeitado Mercedes Classe S, que nem de longe se adéqua às suas necessidades — e ele nunca sequer a deixou dirigir, o que a torna uma motorista ainda mais ansiosa. Jack pessoalmente achava que para ela seria muito melhor ter um carro como um Hyundai i10, ou um Suzuki Ignis, embora ela não gostasse muito de dirigir, e na maior parte do livro se contentasse com táxis e ônibus.

Na verdade, a única vez que realmente usou o carro foi quando a segunda de suas visitas, Ivy, uma jovem sobrinha de Victor, insistiu que a buscasse no aeroporto de Heathrow com todas as suas malas.

Ivy estava de volta depois de um ano na Austrália e — rapidamente ficou claro — esperava que Patricia a recebesse em sua casa por tempo indeterminado enquanto descobria o que queria fazer com sua vida. Ivy era definitivamente a visitante indesejada número 2.

Duas horas depois, eles estavam de volta ao barco. Jack não tinha morrido, e estava grato e comovido por isso. Uma das poucas coisas boas de estar debaixo d'água, coberto por uma máscara enorme, agarrando-se à sua preciosa vida num caminho vertical escuro, sem saída, a não ser continuar nadando por entre passagens estreitas de mar frio, negro e infestado de tubarões, era que os outros caras não conseguiam ver todas as expressões de pânico, horror, e os apelos à misericórdia divina que ele havia feito com o rosto enquanto exploravam a caverna.

"Caverna", na verdade, era uma palavra bastante *insípida* para o que tinham acabado de explorar. Para começar, a única maneira de entrar nela envolvia um salto de seis metros, direto para uma abertura do tamanho de uma moeda de um centavo, rodeada de espigões rochosos, qualquer um dos quais poderia certamente paralisar ou castrar um homem.

Depois, era uma questão de descer um pouco mais e continuar descendo para espaços cada vez mais escuros e estreitos, com apenas os feixes das lâmpadas em suas cabeças, que não iluminavam muito. (Jack não tinha percebido que o que eles estavam fazendo também era conhecido como "espeleologia subaquática".) E, durante todo esse tempo, cada fibra de seu corpo gritava para terminar com aquela experiência, para que tudo desaparecesse, e para a mente de todos os companheiros se enchesse da repentina vontade de voltar para a superfície. Mas estavam em espaços tão confinados que, para a maioria deles — sobretudo para Jack, com seu grande físico irritante e bombado — voltar havia se tornado uma impossibilidade física. A única saída — uma verdade que Jack sentia que nunca havia entendido antes daquele momento, embora a tivesse repetido para si mesmo cada vez que se deparava com o *abismo* do fisiculturista, aquele hiato entre o treino que precisava ser feito e a própria realização desse treino — era *seguir em frente.*

— Muito bem, amigo, você conseguiu — dizia para Jack o cara apelidado de "Nitro", já de volta ao bar.

Jack, que havia apenas quarenta minutos assumira que estava à beira de uma morte horrível, já estava em sua terceira dose de tequila.

— É.

— Foi um pouco demais para você lá dentro, não foi, cara? Não aguentou a pressão?

Enquanto Jack acolhia os sorrisos traiçoeiros dos que se chamavam "Nitro", "Pogo", "Zippy", "Spum" e "Termite" — todos ansiosos para explorar sua fraqueza e expor os medos e a falta de colhões do fortão —, uma pontada de hostilidade se estampou em seu rosto. Eu poderia derrubar todos vocês agora, pensou, esmagar suas estúpidas cabecinhas juntas entre meus peitorais. Os outros também viram o olhar, e ficaram tensos com a possibilidade de confronto; enfim, o dia estava terminando.

Mas então o rosto de Jack mudou, e assumiu uma expressão que nenhum dos caras reconheceu, e que ele mesmo não teria uma palavra para descrever.

— Posso ser franco com vocês? — disse amigavelmente para os caras apelidados de "Nitro" e "Pogo". — Eu realmente acreditava que estava prestes a bater as botas lá embaixo. Acho que nunca estive tão assustado em toda a minha vida. A única experiência vagamente comparável foi quando pensaram que minhas filhas tinham meningite logo depois de nascer. E para qualquer um que consiga desfrutar de uma atividade tão audaciosa, que para mim estará sempre associada a lembranças do maior terror possível, tiro meu chapéu. Realmente tiro.

Ao terminar, sua voz estava embargada, e ele derramou algumas lágrimas silenciosas. Ninguém disse nada. Ninguém sabia para onde olhar.

Todos tomaram um grande gole.

— E agora — disse Jack. — Quem quer ver o meu pau?

QUARTA-FEIRA

No dia seguinte, Jack acordou cedo, sentindo-se maravilhosamente de volta ao seu antigo e vibrante eu. Decidiu sair antes do café da manhã para uma corrida leve. As garotas acordaram enquanto ele andava pelo quarto tentando escolher o melhor tênis para sua corrida e procurando por seu novo Apple Watch Nike+ Sports Band. Sally olhou para ele sonolenta, com uma garota aconchegada de cada lado dela.

— Abby, Tilly! — disse ele num súbito impulso. (Ele disse os nomes delas muito rápido para que não notassem que não conseguia distingui-las na meia-luz do quarto.)

— Sim, papai? — olhavam para ele, de olhos bem abertos, com expectativa inocente, e também, notou, com certa culpa, uma pitada de surpresa.

— Por que não vêm correr com o papai?

— Sim! — gritaram elas ao mesmo tempo.

— Sim, vamos fazer isso, então! Vistam-se, meninas! Acho que a mamãe pode dormir um pouco mais.

As garotas saíram correndo para o quarto delas, onde podiam ser ouvidas remexendo nas malas e rindo alto. Sally parecia grata e surpresa. Na verdade, parecia esperar que ele anunciasse que estava apenas brincando.

— O que foi isso? — perguntou a esposa, enquanto ele se dirigia para a porta com as filhas a reboque.

— Tenho certeza de que você precisa de um momento de descanso — disse ele. — Imagino que os últimos dias causaram um alquebramento.

Mesmo em seu estado, sonolenta e agradecida, Sally não conseguiu evitar emitir um comentário irônico.

— Você por acaso sabe o que significa "alquebramento"? — gritou para ele.

Fora do quarto, ele fez uma pausa e olhou com atenção para a porta que tinha acabado de fechar.

— Não — pensou ele para si mesmo, perplexo. — Realmente não sei.

Correr estava obviamente fora de questão com duas crianças de quatro anos, mas Jack descobriu que as garotas se divertiam muito tentando imitar sua rotina matinal de alongamentos, aquecimentos, agachamentos e chutes. Tinha criado um circuito de praia de intensidade média, e não podia deixar de sorrir das caras de esforço e dos solavancos violentos das tentativas de suas filhas de copiá-lo. Ele pensou: é assim que me veem?

— Papai — disse Abby, depois de cerca de cinco minutos (provavelmente foi Abby). — Por que você está sempre fazendo esses exercícios engraçados?

— Tenho que me manter em forma, amor. Os exercícios nos mantêm em forma e saudáveis.

— Mas, papai — Abby insistiu (provavelmente era Abby) —, você já está em forma.

— É, e a mamãe? — disse Tilly (provavelmente Tilly). — Ela não faz todas essas coisas engraçadas. Isso significa que ela não está em forma e saudável?

— Claro que não, amor! — respondeu com cuidado para não se referir a nenhuma das duas filhas pelo nome. — Ela também faz exercícios. (Na verdade, Jack considerava que as escolhas de Sally tendiam perigosamente para os exercícios cardiorrespiratórios, em detrimento do abdômen e do tônus, mas aquele não era o momento de dizer isso.)

— Sim, mas...

— O que, querida?

— Ela não faz isso o tempo todo, como você.

— É, papai — disse talvez Abby imitando talvez Tilly. — Por que *você* tem que fazer isso o tempo todo?

Ele parou no meio de um exercício de ombro. Uma jovem gaivota começou a bicar a etiqueta de sua bolsa de praia Speedo Deluxe Ventilator. (Ele odiava as gaivotas jovens, que eram como adolescentes humanos. Maliciosas, desengonçadas, sacanas, de algum modo maiores do que os adultos, sem medo de nada. Sempre espicaçando umas às outras.)

No mar, uma balsa cruzava o horizonte.

Jack largou seu *hand grip* profissional Captains of Crush de 127 quilos de força, projetado com materiais de precisão e considerado o melhor do mercado para desenvolver e testar a resistência dos músculos da mão.

— Quem quer uma fritada?

— Eu!

— Vou mandar uma mensagem para a mamãe e dizer para ela nos encontrar na cafeteria italiana.

Quinze minutos depois, os quatro estavam alegremente apertados em um banco em meia-lua em volta de uma mesa de plástico no Giordano's.

— Você quer feijão ou cogumelos, Abby? — perguntou Sally.

Abby, tinha que ser ela, respondeu:

— Não consigo decidir, mamãe. É tudo tão gostoso!

Jack levantou o olhar do seu prato de ovos e batatas fritas, e as fez rir com seu bigode espumoso do cappuccino que tomara.

— Sabe? Em todo este tempo que nos conhecemos — disse Sally maravilhada —, esta é a primeira vez que você colocou chocolate no café. Ou espuma de leite, para falar a verdade.

— Mamãe? — Era a Abby novamente, aguardando a decisão do árbitro da comida. Sally olhou para Jack.

Ele sorriu indulgente para sua filha mais velha. (Mais velha por 34 minutos, ele se lembrou.)

— Você vai comer *os dois*, Abby, minha querida — disse ele.

— Você tem certeza? — perguntou Sally.

— Claro que sim — respondeu Jack. — É preciso saborear os raros momentos em que a vida não nos obriga a renunciar a um prazer pelo outro.

De volta ao bangalô, Sally retribuiu o favor que Jack fez para ela ao cuidar das meninas de manhã preparando um banho para ele.

Ele colocou alguns sais de banho na água e se encaixou na estreita banheira vitoriana o melhor que pôde. Manteve as mãos secas e fora da água para que pudesse ler.

As coisas no livro da cortina bege tinham ficado muito tensas. A sobrinha de Victor, Ivy, estava fazendo o que bem entendia na casa de Patricia.

Chegava em casa a qualquer hora da noite — às vezes com um cara qualquer; nunca dizia onde estaria ou o que estaria fazendo; nunca se oferecia para ajudar nas compras ou nas tarefas domésticas, e muito menos para pagar o aluguel. Ela tratava a casa de Patricia como um maldito hotel. Pior, ela era sarcástica com relação às roupas, à decoração e até ao estilo de vida da anfitriã. "Às vezes, acho que suas cortinas têm uma vida mais glamorosa do que você, tia!...", rosnou Ivy no final de uma discussão tensa.

Era incrível como tudo acabava voltando para as cortinas.

Ivy era uma aproveitadora. Se você estendesse a mão para ajudá-la, ela a arrancaria com uma mordida. Em muitos aspectos, era pior do que o Gordon, que pelo menos pagava a sua parte e parecia gostar de Patricia. Gordon soube se retirar quando sua oferta foi recusada. Ivy, por outro lado, parecia desprezar Patricia, mas não mostrava sinais de querer ir embora. Não enquanto ela tivesse um prato de comida na mesa.

— *Troque a porra da fechadura, Patricia!* — falava Jack para o livro. Lá estava ela, finalmente vivendo como queria pela primeira vez, e essa millennial sanguessuga estava arruinando tudo. E Patricia estava deixando isso acontecer!

> Quando Victor lhe deixou a casa, ela se perguntou, será que pretendia que a usasse com o propósito de brincar de casinha com a Ivy? Talvez sim, talvez não. Mas, de todo modo, a propriedade havia sido um presente tão adequado às suas necessidades atuais — necessidades que, quando sua própria casa havia sido vendida, não eram apenas econômicas, como também emocionais, ou até mesmo espirituais — que parecia uma atitude ingrata, grosseira

até, recusar-se a dividir os benefícios com outra pessoa que necessitava. E isso tinha que ser feito especialmente no caso de Ivy, que tinha o mesmo sangue que Victor.

Você é muito boazinha, garota, pensou Jack de novo, espirrando a espuma da água do banho em exasperação.

Mas até mesmo uma pessoa tão correta, paciente e certinha quanto Patricia tem seus limites. Uma manhã, depois de acordar e descobrir que Ivy tinha derrubado um kebab nojento no maravilhoso sofá de Patricia, e as cinzas de cigarro no tapete novinho em folha, ela resolve agir. (A intrusão de uma coisa tão vulgar como um kebab de frango no requintado mundo de Patricia atingiu Jack como um sacrilégio particularmente grosseiro.) Mesmo levada ao limite, a classe de Patricia brilhou. Saiu gritando? Trocou as fechaduras, como Jack tinha insistido? Deu um chute no traseiro da Ivy? Arrancou alguns pentelhos e os serviu em um sanduíche de presunto, como Jack já havia feito com o Geordie?

Ah, não. Ela pegou seu papel de carta azul do Nilo da loja Smythson da Bond Street, agarrou a velha caneta-tinteiro Mont Blanc Bohème (um presente de Victor por ocasião do vigésimo aniversário de casamento, que também foi o 54º aniversário dela) e escreveu uma carta.

Querida Ivy,

Tem sido um prazer muito grande acolhê-la nestas últimas semanas. Gostei muito de conhecê-la melhor, e, ao fazer isso, aumentar meu conhecimento de um lado da família do Victor que, antes de sua vinda, eu tinha lamentavelmente ignorado. Juntas compartilhamos vários momentos felizes, criamos várias lembranças carinhosas. ["Várias!", gritou Jack no banheiro. "Você é *fodona*, Patricia, meu amor!"] Mas agora, infelizmente, temo que tenha chegado a hora de seguirmos caminhos separados...

A carta explicava ainda que certas restrições financeiras inesperadas obrigavam Patricia a colocar o imóvel no mercado em breve, mas antes tinha sentido a necessidade de empreender "profundas reformas nos papéis de parede e na decoração, algumas das quais me foram sugeridas por suas excelentes opiniões nestas matérias". *Bum! Olha só o sarcasmo!* Mas Patricia não deixaria Ivy à míngua, é claro.

> Lamento o inconveniente que esse tumulto inevitavelmente causará aos seus planos, e estou decidida a fazer tudo o que estiver ao meu alcance para ajudá-la. Esta manhã redigi uma nota para sua avó, em Heretic's Fork. Se a vida no interior lhe convir, tenho certeza de que Josephina ficará encantada em recebê-la por bastante tempo...

Sim, baby. Isso mesmo! Você faz isso bem demais!, sussurrou Jack para si mesmo. Josephina, era notório, vivia sozinha com um verdadeiro zoológico de animais aleatórios em uma pequena propriedade em algum lugar nas profundezas de Wiltshire. Todos sabiam que ela preferia os animais aos humanos, e a única vez que Patricia ficou lá, teve que proteger seu jantar de uma horda ameaçadora de gatos imundos e desdentados, e encontrou, ao acordar na manhã seguinte, uma cabra reumática resgatada lambendo seus pés. Como disse Victor: "Até o bule dela cheira a cachorro."

Tudo isso, é claro, somado a uma indireta que nem mesmo Ivy poderia ignorar. Não havia problemas financeiros, as duas sabiam, e Patricia não ia a lugar algum. Mas se Ivy fosse destruir a casa de Patricia, tanto por suas palavras quanto por suas ações, ela teria que ir embora. Não que houvesse necessidade de situações desagradáveis. A delicada carta de Patricia, entregue com sua melhor letra, embrulhada em um envelope Smythson forrado de papel de seda, deu a ambas uma saída elegante. Patricia havia sido justa com Ivy e com Victor em tudo. Mas agora Ivy podia meter o pé. E foi o que ela fez.

Adoro a maneira como você faz as coisas, Patricia, disse Jack para o livro. Ele estava na página 147 de 212, e já sentia pesar pela perspectiva de chegar ao fim.

Quando, dez minutos depois, Jack surgiu em busca de seu gel para cabelo, encontrou na porta do banheiro uma Sally furiosa. O clima havia mudado claramente, e de maneira bastante radical.

— Como você ousa fazer sexo por telefone em nosso bangalô de férias? As garotas ficaram me perguntando com quem papai estava falando no banheiro, seu sujo de merda. — Ele ergueu a mão, mas ela a desviou com tapas. — E quem é essa Patricia? — rosnou ela.

QUINTA-FEIRA

Tinha sido mais difícil do que ele esperava explicar à Sally a natureza do seu mal-entendido. Sally de fato estava disposta a se convencer de que ele não estava fazendo sexo por telefone com outra mulher. Não tinha certeza se ela achava que ele era capaz disso, mas certamente achava que, se fosse fazer aquilo, deveria ser mais discreto.

A parte que testou sua credulidade, no entanto, foi a ideia de que Jack estava viciado em uma história escrita por alguém como Angela Brocker. Ela passou boa parte da tarde folheando seu livro de cortinas bege, lendo frases aleatórias e perguntando se isso era algo de que ele estava gostando.

> Patricia colocou o peixe na geladeira e se jogou no sofá, fechando os olhos e tentando respirar calmamente [Sally leu em voz alta o que Jack reconheceu como uma das primeiras cenas de Ivy]. Mas, ao abrir os olhos novamente, notou uma mancha no canto superior esquerdo da janela. Não estava lá no dia anterior, tinha certeza. Ela estava ansiosa por finalmente ter uma noite relaxante sozinha, mas não conseguia esquecer os comentários de Ivy sobre seu roupão velho. E agora ela descobriu que não conseguia descansar enquanto a mancha na janela não tivesse sido removida.

— Você está me dizendo que estava lendo esse absurdo a semana toda? — Sally perguntou ao marido, estupefata. — Desde quando você se interessa por limpeza de janelas?

Ela escolheu outra parte ao acaso.

> Era só quando a luz mais forte da tarde dava lugar aos tons tépidos do início da noite, depois que as tarefas e as incumbências do dia tinham sido resolvidas, e seu simples jantar para uma pessoa, consu-

> mido... era só então que Patricia às vezes se tornava vulnerável a certa melancolia pensativa. Era, ela sabia, um sentimento que os simples prazeres de uma companhia fácil poderiam muito bem dissipar. Mas em tais momentos ela se consolava com o fruto amargo de sua própria experiência: o conhecimento de que uma vida mal compartilhada é uma proposta muito mais solitária do que uma vida solitária vivida do seu jeito. E, com muita coragem, ela se levantava e procurava um livro para ler ou um disco para tocar, lembrando a si mesma que a escolha em tais assuntos era dela agora — e somente dela.

Jack tinha acabado de ler essa parte, mas ficou mais uma vez comovido por aquele espírito corajoso que teve que aprender os prazeres e perigos da independência muito tarde na vida.

— Ah, meu Deus, será que ela vai direto ao assunto? — perguntou Sally, que só lia um livro se tivesse a palavra *Morte*, *Morrer* ou *Assassinato* no título. Ou *Matar*.

Ela virou as páginas e leu outra vez:

> No fundo da caixa metálica à prova de fogo onde Victor guardava todos os seus certificados de ações, Patricia notou pela primeira vez uma fina folha de papel, dobrada bem ao meio. Ela a pegou e viu imediatamente que era um bilhete para Victor, escrito com tinta desbotada por mão feminina confiante. Não precisava ler a mensagem toda para saber que a autora era alguém que o conhecia intimamente. E não precisava ler uma única palavra para saber que ela não era a autora.

Com isso, Jack perdeu o controle. Arrancou o livro da mão dela e saiu da sala.

— Ah, não! — gritou Sally, a voz cheia de sátira. — Não foi um spoiler, foi?

— Não seja tão burra assim — rosnou Jack, que tinha batido a porta e agora estava folheando furiosamente o livro para ver o quanto da história ela tinha arruinado para ele.

Naquela tarde, Jack, Sally, Abby e Tilly foram ao passeio dos dinossauros na praia. O passeio era guiado por uma paleontóloga extremamente apaixonada, que sabia vários fatos sobre dinossauros, vários deles realmente interessantes, e que os ajudou a identificar rochas, cristais e fósseis na praia.

— Alguém viu o filme *Jurassic Park*? — perguntou a paleontóloga.

Todos os braços se levantaram.

— Bem: DEVERIA TER SE CHAMADO DE *CRETACEOUS PARK!* — gritou ela, os olhos em chamas.

Jack sorriu gentilmente. Não pôde deixar de pensar no comentário de Patricia para si mesma depois de ouvir outra das intermináveis palestras de Gordon sobre arquitetura das igrejas góticas inglesas:

> Embora lhe faltasse bastante capacidade para avaliar o nível de interesse do seu público por um tema, era difícil não gostar de alguém que se preocupava tanto com o assunto. Afinal, o que era pedantismo além de paixão não correspondida?

As filhas de Jack estavam obcecadas por cristais, e corriam de um lado para outro até a instrutora com amostras intermináveis de pedaços de rocha de aparência promissora. Sally encontrou um fóssil de molusco, e Tilly apareceu com um fragmento de uma antiga barbatana de tubarão. Abby superou as duas com a descoberta de uma amonite rara, cheia de cristais. Até a paleontóloga pareceu impressionada.

— Ninguém tocou ou viu isso por provavelmente 115 milhões de anos — disse ela entusiasmada.

Para não ser ultrapassado, Jack desenterrou um caroço escuro com um interessante padrão cruzado. Calcita? O ouro de tolo? Um fragmento raro de osso de plesiosauro?

— Agora *isso* — disse a paleontóloga — vem do alto do penhasco.

— Não é lá que se encontram os maiores fósseis? — disse Jack avidamente.

— Mais alto do que isso — disse ela. — Esta peça é cem por cento... *asfalto*.

— Muito bem, querido! — disse Sally. — Você descobriu um pedaço raro... de uma estrada!

Todos os outros riram. E embora o riso deles fosse dirigido a ele, Jack viu que era uma espécie de abraço, caloroso e inclusivo. Ele jogou a cabeça para trás e gargalhou de Jack também.

SEXTA-FEIRA

No último dia completo de férias, Jack acordou e saiu cedo para uma prometida volta de jet-ski com os rapazes.

— Onde você esteve a semana toda? — disse o cara apelidado de "Nitro". — Não o vemos desde o mergulho na caverna.

— Ah, só relaxando — respondeu.

— Debaixo das asas da esposa, é isso? — perguntou o cara apelidado de "Pogo". Ele mostrou os dentes enquanto sorria, e Jack viu que estavam tortos e manchados.

— É uma boa asa para estar debaixo — respondeu Jack.

— Imagino que você tem que dizer isso — disse Pogo. — Não me imagino com alguém que me impedisse de ser eu mesmo.

— Acho que estou *notoriamente uxório* ultimamente — retrucou Jack, para seu próprio espanto.

Na terceira e última parte do livro da cortina bege, Patricia Porlock descobriu a carta de uma tal Vanessa Pritchard, chefe do RH na firma de Victor, e evidentemente sua amante por vários anos, até o súbito falecimento dele.

Esse era o desdobramento que Jack temia. Gordon quis fazer reivindicações sobre o futuro de Patricia, e Ivy tinha procurado monopolizar o seu presente, mas Vanessa veio para desestabilizar a própria Patricia, suas memórias, sua identidade: seu *passado*.

> Era verdade que Victor tinha sido um detalhista, um hipocondríaco e um chauvinista preguiçoso. Mas ao menos ele tinha sido essas coisas exclusivamente *para ela,* ou pelo menos assim ela tinha deduzido.

Com o seu jeito de merda, ele de fato tinha pelo menos tentado reconhecer algo do que ela fez por ele:

> Quando se divertiam, e seus convidados aproveitavam para elogiar Victor pela refeição, pelo vinho ou pela decoração da casa em Bayswater, ele sempre fazia questão de dar o crédito a Patricia.
>
> — Eu é que deveria agradecer. Foi a Patricia quem fez tudo isso — dizia. — Não admira que eu seja notoriamente *uxório* a ela.
>
> Ele fazia tudo para se mostrar, e assim que os convidados saíam, jogava-se na frente da televisão com um uísque e não dirigia mais nenhuma palavra à esposa, enquanto ela ficava limpando a mesa, enchendo a máquina de lavar louça, reorganizando a geladeira, varrendo o carpete (ela não podia *passar o aspirador* à noite, pois — ele dizia que o barulho o incomodava), e todas as outras mil incumbências que cabem a quem dirige uma casa e mantém as aparências em um mundo — o mundo de Victor — no qual a escolha errada de um abajur aparentemente poderia fazer com que eles perdessem todo um investimento de capital semente.
>
> Na cozinha, segurando a pá e a vassoura, Patricia sempre refletia sobre os elogios dos convidados e o último discurso de agradecimento de Victor, comparando-os com os esforços anteriores de sinceridade e originalidade. Ela sentiu prazer em pensar em outra noite bem-sucedida e organizada por ela, orgulhava-se dos elogios ao bom gosto de sua casa. *Estas são as migalhas que me cabem*, pensou ela enquanto varria. *Só minhas*.

Mas aí vem Vanessa Pritchard para cagar em cima de tudo isso. Em um encontro tenso em uma confeitaria local, Patricia finalmente se encontrou cara a cara com a amante do marido.

> Vanessa Pritchard era uma mulher escultural, de aspecto decidido, com um queixo resoluto e um olhar marcadamente franco. Ela era, reconheceu Patricia, o tipo de mulher que muitos homens poderiam procurar: confiante no seu físico, expressiva de

seus desejos e vontades, e espontânea, com um toque provocativo, elegante. Nos aspectos em que Patricia tinha sido passiva, Vanessa era assertiva. Patricia sempre se vestiu para combinar agradavelmente com o lugar onde estava, ao passo que Vanessa se vestia para atrair as atenções. Patricia sempre tinha sido obediente e compreensiva, ao passo que Vanessa exigia ser cortejada e conquistada. Era, pensava Patricia, o tipo de mulher que ela sempre achou aterrorizante.

Jack pensou: *Por que ela não dá um murro na vagabunda?* Mais uma vez, maravilhou-se com os poderes sobre-humanos de paciência de Patricia — a maneira como conseguiu encontrar compaixão por sua rival sem coração.

Em resumo, cada uma era tudo o que a outra não era. E, ao perceber isso, Patricia entendeu também que não podia realmente odiar Vanessa. Não era uma versão superior dela, era seu negativo fotográfico. Victor tinha encontrado alguém para preencher as lacunas do casamento, e, embora ela não tivesse procurado conscientemente fazer a mesma coisa, sentia simpatia pelo impulso dele.

Olhando para o vermelho profundo das unhas longas e perfeitamente pintadas de Vanessa, tudo o que Patricia podia sentir era pena. Pena por Victor, piedade por Vanessa, piedade por ela mesma. Que jogo absurdo e tedioso os três haviam jogado! Um jogo em que não poderia haver vencedores, apenas uma disputa por prêmios de consolação.

Até então, Patrícia tinha sido magnânima. *Mas como assim?* O que é este documento que Vanessa está tirando de um envelope de papel pardo? *Claro*! A vaca malvada está querendo ficar com o apartamento!

Não contente em roubar seu marido e revelar que todo o casamento de 23 anos de Patricia fora uma grande farsa, Vanessa agora quer roubar a própria casa dela!

SÁBADO NOVAMENTE

No sábado, dia de sua partida, Jack estava se escondendo no banheiro, desesperado por algum espaço para terminar o livro da cortina bege.

Sempre que algo megadramático acontecia, a autora tinha essa maneira engraçada de se afastar da ação... e passar para outra de suas cenas engraçadas com o peixeiro. Deve ser uma forma de fazer com que fiquemos nos perguntando como Patricia se sente e qual será o próximo passo dela, pensou. Não só isso, percebeu Jack com um súbito flash de inspiração, como as conversas sobre os peixes sempre acabavam oferecendo uma pequena pista sobre como as coisas estavam indo.

Uma vez, por exemplo, o peixeiro se ofereceu para aparar todas as cartilagens da arraia. Alguns clientes acham isso útil, disse ele, pois não tem as habilidades com a faca ou talvez a ferramenta certa para o trabalho. Mas Patricia, que não tinha nenhum problema nos dois casos, disse que gostaria de fazer isso ela mesma. No início Jack havia pensado que ela parecia meio mal-humorada, mas agora percebeu que essa cena — que vem pouco antes da famosa carta para Ivy — era um sinal de que Patricia estava aprendendo a se defender.

Então, eis que ela estava novamente no Le Comptoir de l'Océan, dessa vez perguntando ao Grégoire sobre a melhor maneira de cozinhar linguado.

> Ela mal podia esperar para ouvi-lo falar de modo eloquente e extasiado sobre um de seus elaborados molhos franceses, balançando os braços exageradamente enquanto cortava e fatiava ingredientes imaginários e os mexia e temperava em um caldo delicioso, mas igualmente imaginário. Mas, em vez disso, ele levantou um dedo.
>
> — Com o linguado, a simplicidade é tudo — pronunciou. — Manteiga, limão, salsa, nada mais! Assim como minha esposa diz.
>
> Patricia não pôde deixar de sorrir.
>
> — Então quando se trata de cozinhar peixe, Grégoire, você, apesar de tudo... deixa para *sua esposa*?

— Nisso, assim como em todas as coisas, *chère madame* —, pronunciou Grégoire novamente, com o dedo ainda apontando para o céu. Havia um brilho em seu olho, mas que não desmentia a seriedade de suas palavras.

Patricia, assim como Jack, precisou procurar a palavra "uxório" (embora, é claro, ela tenha usado seu *Dicionário de inglês conciso de Oxford*, ao passo que Jack tinha recorrido ao Google). O significado era "excessivamente afeiçoado ou submisso à própria esposa".

— Que estranho — murmurou Patricia — ver a palavra "excessivamente" na definição, como se o próprio dicionário não resistisse a lembrar aos homens a tolice de prestar demasiada atenção às suas esposas.

Era uma definição, pensou Jack, da qual "Termite" ou "Nitro" poderiam ter ficado orgulhosos. E o mais curioso era que não havia um equivalente real para o oposto — nenhuma palavra para uma mulher tola o suficiente para gostar ou obedecer demais ao seu marido. "Mas é assim que deve ser, não é?", como "Pogo" ou "Spum" sem dúvida teriam dito.

De volta à confeitaria, enquanto esperava que Vanessa fosse retocar a maquiagem, Patricia pensou nessa estranha palavra e em seus significados para a sua vida.

Eu era, se não excessivamente afeiçoada, pelo menos excessivamente obediente a Victor, pensou ela. Eu me entreguei a todos os seus pequenos hábitos engraçados, suas fraquezas e fobias, dei continuidade ao show dos bastidores, para que ele pudesse interpretar o grande homem. E, em troca, ele passava suas noites fora em quartos de hotel, brincando de bobo com esse... *mulherão descarado.*

Porra, pensou Jack, ela está brava. Vindo dela, isso era um chamado à briga. E com razão. Sem dúvida Victor tinha em algum momento ficado na cama com Vanessa, contando a ela como sua mulher era um ratinho medroso. Mas até um rato tem seus limites. E a casa — cuja concessão era um gesto tanto de confissão quanto de penitência da parte de Victor — era *dela*. Ela não ia desistir sem lutar.

Patricia se levantou e começou a juntar suas coisas. Tinha dinheiro o suficiente, talvez, para lutar contra as ações judiciais de Vanessa. Mas não queria que as coisas fossem tão longe.

— Vanessa — disse ela de maneira calma. — Você deve entender que já recebeu tudo o que Victor tinha para lhe dar.

— Costumávamos ir muito àquela casa — disse Vanessa. — Era praticamente a minha casa.

Patricia abafou um suspiro ao ouvir isso. Foi doloroso e inesperado. Mas era lógico. A casa tinha sido o santuário de Victor antes de ser o dela.

— Você era a amante — retrucou Patricia. — Receio que elas acabam não tendo muitos direitos em longo prazo.

— Já me aconselhei — insistiu Vanessa, apontando um queixo obstinado. — Podemos deixar os tribunais decidirem.

Patricia pensou em outra coisa.

— Mas você pode não ter sido a única, não é mesmo? Senão, por que Victor não a deixaria morar lá para sempre?

— Conheço meus direitos — disse ela, ignorando aquele argumento incômodo. — Eu me aconselhei.

— Quantas outras como você não deve haver por aí? — persistiu Patricia, com um júbilo retórico que não era de seu feitio.

— Isto diz respeito a *mim* e ao que tenho direito — disse Vanessa, furiosa.

Patricia ignorou.

— Você já pensou em encontrar todas elas e iniciar uma ação coletiva? Talvez eu pudesse ajudar; ainda tenho alguns dos velhos diários e coisas do Victor. Ele gostava de escrever tudo à mão, sabe. Nunca confiou nos computadores.

Jack estava se mijando de tanto rir. Ao longo de sua fascinante viagem pelo livro das cortinas beges, ele tinha começado a admirar Patricia, respeitá-la, sentir pena e torcer por ela. Diabos, ele tinha chegado até a gostar um pouco dela. (Da Vanessa também, e muito, para ser honesto.) Descobrira naquele momento que ela também era uma puta comediante!

— Vamos, amor! — Sally bateu na porta do banheiro. — Temos que pegar a estrada! Venha me ajudar a colocar as coisas no carro!

Ainda faltavam três páginas, e Patricia tinha acabado de marcar uma hora com uma respeitada firma local especializada em cortinas sob medida. Ela ficou tentada pelos belos tecidos e pelo aspecto decorativo tradicional inegavelmente proporcionado pelo remate com pregas duplas ou em formato de taça na parte superior das cortinas. Ao mesmo tempo, um dos novos estilos de ilhós com um lindo acabamento metálico daria um toque contemporâneo ao espaço. Decisões, decisões!

Quando Jack saiu do banheiro, uma de suas garotas subiu as escadas correndo, e seu rosto era a própria representação da angústia.

— Papai, papai! — gritou. — Não consigo encontrar meu fóssil!

Jack vestiu a camisa e começou a buscar o antigo molusco.

— Sabe de uma coisa, Abby? — disse ele, agachado até o nível dos olhos dela. — Você não se parece nem um pouco com a sua irmã.

Abby, que nunca havia pensado o contrário, parecia confusa.

Ainda faltavam três páginas. Mas elas permaneceriam inéditas para ele.

AGRADECIMENTOS

Sou muito grato a todas as editoras e concursos que encontraram um espaço para minhas histórias, incluindo Flash 500 ("Aqui dentro"); *Pithead Chapel* ("Voz ativa e passiva"); *The Fiction Pool* ("Quase acidente"); *Reflex Fiction* ("Lista até o porto"); Retreat West ("Alimentos de amor"); *Riptide Journal* ("Ella G. no adro de uma igreja no interior"); *Ellipsis Zine* ("Os caminhos dos grandes amantes se cruzam na estação Victoria"); *Lucent Dreaming* ("O quase escritor") e Leicester Writes ("Nossas palavras especiais para as coisas"). Sou especialmente grato a Simon Webster, polidor-chefe do *The Cabinet of Heed* ("Arco-íris infinito", "Problemas de Primeiro Mundo"), que publicou várias das minhas histórias.

Um grande obrigado a todos os que também leram e se alimentaram dessas histórias, inclusive: Eve Brotzel, Isla Brotzel, Adam Cooper, Mark Drew, Jenny Fielder, Christian Lapper, Matt Kendrick, Rob Pointer, Sarah Riley, Emily Shelley e C. M. Taylor. Agradecimentos especiais a Martin, Debs, John, Christy, Ash e todos os ligados ao grupo de escritores da Conway.

Agradecimentos mais importantes: para Ger Nichol, minha agente, por me escolher entre os vários e-mails de sua caixa de entrada quando eu estava trabalhando como garçonete em um bar (por assim dizer). Para Moira Forsyth, minha editora, por repetidamente me tirar de apertos com suas perspicazes avaliações e cuidado paciente. Para Nathan Burton, por sua espirituosa capa original. Para Rebecca Wojturska, pela sua meticulosa revisão. Para Ceris, Nicola e a todos da Sandstone.

Para Alex Woolf, mentor e amigo escritor, sem o qual eu nunca teria chegado até aqui.

Amor e agradecimento e tudo mais para Eve, Isla, Poppy e Huw. Vocês são incríveis.